火罪

死神幻十郎

黒崎裕一郎
Kurosaki Yuichiro

文芸社文庫

目次

第一章　赤馬、奔《はし》る

1

文政六年（一八二三）癸未《みずのとひつじ》、十月八日夜。

江戸市民の心胆を寒からしめる天象異変が起きた。

そのときの様子を、幕末の江戸の町名主・斎藤月岑《げっしん》は、『武江年表』に次のように記している。

「牛込あたりに大きさ一間半ほどなる石、零《お》つ。夜に入り光り物通る。先年も王子あたりへ石落ちたる事ありといふ」

一間半は、約二メートル七十センチ。乗用車一台ぶんもあろうかという巨大な隕石《いんせき》が江戸牛込あたりに墜ちたのである。江戸中が驚天動地の大パニックに陥ったであろうことは想像にかたくない。

さらに二か月後の十二月二日には「卯辰（東南）の方に彗星《ははきぼし》あらわる」とある。

この時代、彗星は天下に災いがあるときにあらわれる妖星《ようせい》とされていた。

こうした一連の奇怪な天象異変に、江戸の町衆は、凶事の予兆ではないかと恐れおののき、巷《ちまた》には、

〈来年は疫病がはやる〉

〈大火災が発生する〉

〈未曾有の飢饉《ききん》がおとずれる〉

等々、人心をまどわすような不吉な流言や妖言がひそやかに、そして、まことしやかに飛び交った。もちろん、それは根も葉もない流言飛語にすぎないのだが……。

現実に、異変は起きたのである。

異常気象による暖冬であった。

師走から正月すぎまでの二か月間、雪はおろか一滴の雨もふらず、旱天《かんてん》の江戸の町はカラカラに乾燥し、年末年始にかけて風邪や麻疹《はしか》が大流行、あちこちで火災が相次いだ。

最初に火事が起きたのは、十二月二十五日の夜である。

「麴町三丁目より出火、折節西北の風はげしく、一丁目河岸まで定御火消し屋敷、一口は貝坂より五丁目岩城升屋にてとまる。その火、ただちに高貴の御館へうつり、永

田馬場山王の門前町屋、そのほか虎の御門までのあいだ諸侯の藩邸数宇、南は狐坂より赤坂の御火消し屋敷、田町四丁目まで焼亡す」

——かなりの大火であった。


明けて文政七年（一八二四）甲申《きのえさる》——。

武江年表には「この節、さらに雨降らず」とある。

正月がすぎても異常乾燥がつづき、二月に入って、またもや大火災が発生した。

「二月朔日《ついたち》、午《ひる》八ツ（午後二時）すぎに内神田の三河町一丁目南角から出火、西北の風はげしきにつれ、鎌倉河岸、本銀町、本町、石町、駿河町、室町から本船町、小田原町あたり、日本橋まで焼くる」

このとき、火事で焼け出された避難民たちが、西堀留川に架かる荒布《あらめ》橋のうえで押し合いへしあいとなり、欄干が倒れて数十人が川に転落、多数の死傷者を出すという惨事を招いた。

江戸は、三年に一度大火が起きる、といわれるほど火災の多発都市である。粋といなせを矜持《きょうじ》とする江戸っ子は「火事と喧嘩《けんか》は江戸の華」などと意気がっていたが、さすがに今度の連続大火には顔色を失い、

「冗談じゃねえ。こう火事がつづいたんじゃ命がいくつあっても足りねえぜ。町方は

いってえ何をしてやがるんでえ」

怒りの矛先を町奉行所に向けはじめた。

というのも、正月明けの一月十日ごろから、江戸市中に「赤馬が飛ぶ」という奇妙なうわさがささやかれていたからである。

赤馬とは、火事の隠語《かくしことば》であり、「赤馬が飛ぶ」とは、すなわち付け火（放火）を意味する。うわさの出所は定かではないが、隠語を使っているところをみると、どうやら〝裏の社会〟から伝播《でんぱ》した流言らしい。

こうした不穏なうわさが流れていたにもかかわらず、町奉行所は一向に動こうとしなかった。江戸市民はそれに業を煮やしたのである。

月番の北町奉行所が、ようやく重い腰をあげて火元の検分に乗り出したのは、荒布橋の惨事がおきたあとだった。多数の死傷者を出して、初めてことの重大さに気づいたのである。

調べの結果、火元は神田三河町一丁目の茶漬屋『ひさご』であることが判明した。

店の女あるじ・お勢が焼死したため、出火当時のくわしい状況はわからなかったが、『ひさご』のなじみ客の話によると、ふだん、お勢は火の始末には、充分すぎるほど気をつかっていたという。

しかも出火したのは午の八ツ（午後二時）ごろである。焼け跡の状況や、なじみ客の証言から推測して、失火とは断じがたい。

北町奉行所は、一連の火事を「付け火」とみて、探索を開始した。

だが、それをあざ笑うかのごとく、同日夜四ツ（午後十時）、音羽九丁目からふたたび火が出て、桜木町から牛込改代町まで嘗《な》めつくし、さらにその五日後、銀座一丁目から出火、弓町あたりまでを類焼した。

この火事の直後、

「次は霊岸島あたりに赤馬が飛ぶ」

と、誰いうともなしに怪しげなうわさが市中にながれ、その流言のとおり、三日後の二月九日、霊岸島の南新堀二丁目から出火して、湊橋ちかくまで延焼した。このとき、消火に出動した火消したちが、消し口をめぐって喧嘩となり、町火消し教祖が入り乱れての大乱闘となった。

当時の消火作業は、火を消すのが目的ではない。延焼をふせぐための破壊作業である。

火事場に駆けつけた町火消したちは、火の勢いや風向きを見さだめたうえ、燃えうつりそうな家屋をことごとく叩き壊して延焼をくいとめるのである。その破壊区域（消火場所）を「消し口」といった。

火災が発生すると、〝いろは四十八組〟の町火消したちがいっせいに出動し、われ先に「消し口」に殺到して先陣争いをくりひろげる。

纏《まとい》持ちが屋根の上に立ちはだかって大纏をふるうのは、仲間に「消し口」を知らせるためと、ほかの組の町火消したちを牽制《けんせい》するためである。

だが、ほかの組の鳶《とび》たちも、指をくわえて黙って見ているわけではない。先乗り組になんやかやと因縁をつけて「消し口」の縄張りを主張する。

これが発端となって火消し同士の大喧嘩に発展するのである。

湊橋の火事では、八千余人の鳶たちが大乱闘をくりひろげたあげく、多数の死傷者を出し、後日、乱闘に加わった各組の火消し頭や当番名主、纏番家主ら三十余人が遠島、中追放、所払いなどの処罰をうけたという。

湊橋の乱闘事件も、荒布橋の転落事故も、もとはといえば一連の火事が引き起こした惨事であり、しかも、それが「付け火」による火事であることは、誰の目にも明らかだった。

月番の北町奉行所は、日ましに高まる江戸市民の憤怒と非難の声に突き動かされ、与力同心、小者などを総動員して、血まなこになって放火犯の割り出しに奔走していた。

それとはべつに、昨年の暮れからひそかに探索に動いていたもう一つの組織があった。

火付盗賊改役――俗に「火盗改《かとうあらため》」と呼ばれる凶悪犯罪専従の役人たちである。

火盗改役は、御先手《おさきて》弓頭、御先手鉄砲頭から加役（兼務）として任命される。

御先手組がこの役を拝命すると、番方（武官）の籍にありながら、城には出仕せず、自分の屋敷を役宅として、配下の与力同心を使って江戸府内の治安取り締まりを行った。

町奉行は、おもに江戸市政や公事訴訟をあつかう行政司法官であるが、火付盗賊改役は凶悪犯罪の専従捜査班であり、武士町民の区別なく検挙することができた。

また、犯罪糾明には、町奉行所のような面倒な手続きも吟味も行わず、いかなる手段を用いても犯罪を撲滅すればよい、という自由裁量権が与えられていたので、犯罪者には鬼のように恐れられ、一般市民からも蛇蝎《だかつ》のごとく嫌われていた。

ちなみに、ご存じ『鬼平犯科帳』の〝鬼の平蔵〟こと長谷川平蔵は、天明・寛政年間に火盗改役をつとめた人物である。

平蔵は、時の老中首座・松平定信に、無宿人や犯罪者を収容するための石川島人足寄場《よせば》の設置を建議し、寛政二年（一七九〇）から二年間、火盗改役と人足寄場取扱を兼務、寛政七年（一七九五）五月、在職のまま没した。享年五十歳であった。

松平定信は、長谷川平蔵を評して、

「利欲をむさぼる山師のような姦物《かんぶつ》と悪評が高いが、それぐらいでなければ盗賊逮捕などは出来るものではない」

と述べている。つまり、毒を制するには毒が必要である、という論法である。

この一言に、清廉高潔の士・松平定信の、後世に語りつがれてきた評価とは裏腹な一面を垣間見ることができるだろう。

2

月が変わって弥生三月——。

きのうまでの空天気《からてんき》が嘘《うそ》のように、上空にどんよりと鉛色の雲がたれこめている。

やがてポツリポツリと雨つぶが落ちてきて、寸刻もたたぬうちに本格的な雨になった。

三か月ぶりの雨である。

「めぐみの雨じゃ……」

総白髪の小柄な老人が、庭の雨景色をながめながら、ぼそりとつぶやいた。

三十余年前、老中首座として幕政の頂点に君臨し、秋霜烈日の「寛政の改革」を断行した元白河藩主・松平定信である。

齢《よわい》、六十七歳。昔日の峻厳《しゅんげん》なおもかげは、もはや微塵《みじん》もない。今ここにいるのは、おだやかで臈《ろう》たけた一人の老人にすぎなかった。

十二年前（文化九年）、定信は家督を嫡男の定永《さだなが》にゆずり、「楽翁《らくおう》」と号して、築地の下屋敷の一角『浴恩園《よくおんえん》』で、書を読み、和歌を吟じる風雅な日々を送っていた。

「庭の樹木も息を吹きかえしたようじゃ」

楽翁が、物静かな口調でいった。

「よいお湿りで……」

背後に、半白頭の大柄な初老の武士がひかえている。

奥州白河時代から定信（楽翁）のそばに影のように近侍してきた股肱《ここう》の臣・市田孫兵衛である。

「雪柳の青芽も吹いてまいりました。春も近うございますな」

「ふむ」

楽翁は、目をほそめて庭の樹木を見わたした。桜の老樹の枯れ枝にも、豆つぶほどの薄桃色のつぼみがふくらみはじめている。

「ところで、孫兵衛――」

楽翁が、ふと振りかえって、孫兵衛の顔を見た。

「あの男、どうしておる？」

「二、三度、様子を見に行ってまいりましたが、やはり不在でございました……」

孫兵衛は口ごもりながらそう答えると、申しわけなさそうに目を伏せた。

あの男とは——阿片密売組織の罠《わな》にはめられ、小伝馬町牢屋敷の刑場に送られた元南町奉行所定町回り同心・神山源十郎のことである。

楽翁は、牢屋奉行・石出帯刀《たてわき》にひそかに手をまわして、処刑寸前の源十郎を死の淵《ふち》から引きあげ、生涯の怨敵《おんてき》・一橋治済《はるさだ》と治済の実の息子・十一代将軍・家斉《いえなり》、その家斉に媚《こ》びへつらう老中・水野忠成《ただあきら》、そして若年寄・田沼意正《おきまさ》——賄賂《わいろ》政治の権化と悪評された田沼意次《おきつぐ》の四男——らの秕政《ひせい》を糾弾するための密偵＝影目付として召しかかえたのである。

事実上、この世に存在するはずのない〝死人《しびと》〟となった源十郎は、みずからを冥府の刺客「死神幻十郎」と名乗って、単身、阿片密売組織に立ち向かい、凄絶《せいぜつ》な死闘のすえに一味徒党をひとりのこらず闇に屠《ほふ》った。

昨年の十二月二日のことである。

それ以来、幻十郎は二度と楽翁のまえに姿をあらわさなかった。

「あやつを『蟻《あり》』に見たてたのは、わしの買いかぶりだった……」

楽翁は苦笑を泛《う》かべた。追悔と自嘲の入りまじった笑みである。

楽翁が、幻十郎を一匹の「蟻」に見たてたのには、ふたつの意味があった。ひとつは、十一代将軍家斉の身辺に築かれた「権力の堤」に一穴を開けさせるための蟻であり、もうひとつは、古来、蟻には君臣の義があるとされ、「義の虫」と書くところから、幻十郎を「忠義の臣」と見なしたのである。

だが、その目論見はみごとに外れた。幻十郎は楽翁の密命を遂行した直後、「現世《げんせ》無縁の亡者として勝手気ままに生きてゆく所存」

そういい残して、忽然《こつぜん》と姿を消してしまったのである。その後の消息は、孫兵衛も知らなかった。

「忠義の臣どころか、あやつは虫けらにも劣る恩知らずの不忠者じゃ」

楽翁は、こめかみに青筋をたてて憤然と吐きすてた。さっきまでのおだやかな表情とはうって変わって、気むずかしい老人の顔になっている。

楽翁の感情の起伏の烈しさは、若いころからである。

「殿、ご案じめされるな。あの男はかならず戻ってまいります」

孫兵衛が、なだめるようにいった。

「かならず？」

楽翁が眉根をよせて訊《き》きかえす。

「はい。あの男は一度この世から消えた死びと。死びとに生きる場所はございませぬ。それに……」

「それに、何じゃ？」

「最後に陰扶持《かげぶち》を渡したのが霜月の末、そろそろ金子《きんす》も底をつくころでございます。先立つものがなければ日々の生計《たつき》もなり立ちますまい」

「つまり、金欲しさに戻ってくると申すのか」

「御意」

「とすれば、浅ましい男よのう」

楽翁は、口の端にふっと侮蔑《ぶべつ》の笑みをきざんだ。

「お言葉ではございますが、あの男に君臣の義を求めるのは、しょせん無理な話……。当節は、金が仇の世の中。義で動く男より、金で動く男のほうが、むしろ使い勝手がよろしいのではないかと――」

「ふん。ものは言いようじゃ」

「殿、あの男のことは手前におまかせくだされ。殿のご期待に添えるよう、かならず手前が手なずけてごらんに入れまする」

「よかろう」

楽翁は、気をとりなおして孫兵衛の顔を見た。

「わしの意にそまぬ不忠者だが、あやつはまだ使い途がある。いま手放すには惜しい。金でつなぎ留めておけると申すなら、それもよかろう。孫兵衛、幻十郎のことはそちにまかせる。よしなにやってくれ」

「ははっ」

「おう、また一段と雨脚が強まってきた……」

濡《ぬ》れ縁に雨しぶきが吹きこんでくる。

表は篠《しの》つく雨である。

「茶を点《た》ててつかわそう。孫兵衛、茶室へまいれ」

楽翁は、上機嫌にそういって、背をかえした。


沛然《はいぜん》と雨がふっている。

この三日間、一時もやまずに降りつづいている。

江戸市民にとっては、文字どおり旱天の慈雨であった。

何より人々をよろこばせたのは、この雨で火事の心配がなくなったことである。すっかり干上がった防火用の天水桶《てんすいおけ》にも、あふれんばかりに雨水が溜まっている。

場末の居酒屋や煮売り屋など、飲み食いを商う小店にとっても、この雨は、めぐみの雨であった。仕事にあぶれた人足や職人たちが、暇つぶしに昼間から安酒を飲みにくるからである。

まだ午前だというのに、日本橋駿河町の居酒屋『権九郎《ごんくろう》』も、あぶれた者たちでごった返していた。

その店の片隅で、ひとり黙然と猪口《ちょこ》をかたむけている浪人者がいた。

異相の浪人である。

月代《さかやき》がのび、頬がそげ落ち、額には二筋の太い傷痕《きず》がある。その傷に引きつられるように眉と両眼が吊りあがり、ぞっとするほど悽愴《せいそう》な面がまえをしている。

浪人の名は、死神幻十郎――もちろん本名ではない。この浪人がみずから名づけた異名である。

昨年の暮れ、松平楽翁の密命をうけて〝闇の仕事〟をやりとげたあと、幻十郎は「影目付」の役を固辞して、楽翁のまえから姿を消した。

あれから三月《みつき》、幻十郎は、身ひとつで馬喰町《ばくろちょう》の商人宿や木賃宿を転々としながら、無聊《ぶりょう》の日々を送っていた。

最後に市田孫兵衛からもらった陰扶持は、まだ十両ばかり手許に残っている。だが、この金もいずれ遣い果たすときがくるだろう。

その時、どうするか？

幻十郎は、何も考えていなかった。考えたところで、どうなるものでもないし、先のことは誰にもわからない。

――いま、酒が飲めればそれでいい……。

それ以上の望みは何もなかった。望んだところで空しいだけだ。

3

「いらっしゃいまし」

ふいに亭主のだみ声がひびいた。

職人ふうの中年男が、菅笠《すげがさ》の雨滴をはらって、のっそりと入ってきた。

幻十郎のななめ前に座っていた男が、目ざとく見やって「おう」と手をふった。

雨のなかを菅笠ひとつで歩いて来たらしく、男の肩や背中はびしょ濡れである。

「町中、えらい騒ぎだぜ」

ずぶ濡れの男は、樽椅子《たるいす》に腰をおろすや、声をはずませてそういった。

「何かあったのか？」

「赤馬を飛ばした野郎が捕まったそうだ」

「何だって！」

連続放火犯が捕まったというのである。

「ほ、本当か！」

「なんでも役者くずれの歌次郎《うたじろう》って男らしいが、くわしいことはわからねえ」

ずぶ濡れの男はそういって、猪口の酒をごくりとうまそうに飲みほした。

二人のやりとりに耳をかたむけていた幻十郎が、やおら立ち上がり、酒代をおいて足早に出ていった。

八ツ半すぎになって、雨脚がやや弱まり、人通りもまばらだった往来に、色とりどりの傘の花が咲きはじめた。

奇妙なことに、その傘の群れはいっせいに西へ向かって流れてゆく。

「いってえ何があったんだい？」

路地からとび出して来た番傘の男が、通りすがりの男をつかまえて訊いた。

「赤馬飛ばし（放火犯）が捕まったそうだ」

「本当かよ！」

「役者くずれの男らしいぜ」

「日本橋に捨札《すてふだ》が立ったそうだ」

そんな声を呑みこみながら、傘の波はしだいに数を増やしつつ、西へ西へと流れてゆく。

傘の波が流れついた先は日本橋だった。

橋の南詰めの高札場には、蓮《はす》の花が咲き乱れるように、無数の傘がひしめいていた。

群衆の視線は、高札場の中央に立てられた真新しい捨札にそそがれている。

「捨札」とは、処刑される科人《とがにん》の名と、その罪状、刑罰をしたためた立て札である。月が変わって、連続放火事件の探索は、北町奉行所から南町奉行所に引きつがれていたが、付け火の犯人・歌次郎を召し捕ったのは、替わったばかりの南町ではなく、御先手組加役――「火盗改役」であった。

犯人逮捕の経緯、犯行の動機、吟味の過程などはいっさい公表されず、歌次郎は即日処刑されることになった。

問答無用、即断即決。それが「火盗」のやり方であり、彼らだけに宥《ゆる》された特権でもあった。

「付け火」の刑は火罪、つまり火あぶりの刑で、これにはかならず「引廻し」が付加される。

引廻しには、「五ケ所引廻し」と「江戸中引廻し」の別があり、一般の死罪人（死刑）には、後者が適用される。

火罪（火あぶりの刑）の場合は、「五ケ所引廻し」である。

日本橋、両国橋、筋違橋《すじかい》、四谷御門、赤坂御門の五ケ所に「捨札」が立てられ、牢屋敷から引き出された科人は、その五ケ所を経由して、小塚原か、または鈴ケ森の刑場に送られるのである。

歌次郎の引廻しの行列は、両国橋を経由して筋違橋にむかっていた。

時の経過とともに、雨脚はしだいに弱まり、西の空もいくぶん明るんできた。

両国から筋違橋にかけての町筋には、凶悪な放火犯の顔をひと目見ようと、野次馬が大挙して押しよせ、沿道は人垣でうめつくされていた。

黒々とつらなる人垣のなかを、六尺棒をもった先払いの下人が五人、罪人の名や罪状などを書き記した幟《のぼり》持ちが三人、捨札持ちが二人、槍持ちの〝谷の者〟(下人の上の者)四人、そして両高手の歌次郎をのせた馬と、その馬の口取り下人ひとり、左右に歌次郎の縄尻をとる馬添えの下人が二人、騎乗の検使役与力が二人、しんがりに挟箱かつぎの小者が二人——総勢二十二名の行列が、烟雨《えんう》に濡れそぼりながらゆっくり行進してゆく。

すでに覚悟を決めたのか、馬上の歌次郎は、まっすぐ正面を見すえたまま身じろぎひとつしない。

歳は二十五、六。蒼白い顔にうっすらと不精髭《ぶしょうひげ》が浮いている。役者くずれにしては、さして特徴のないのっぺりとした顔の男である。

「へえ、あれが赤馬を飛ばした極悪人か」

「そんな悪党には見えねえがな」

「役者くずれにも見えねえ」

「あいつにくらべりゃ、おいらのほうがよっぽど男前だぜ」

野次馬たちが、ひそひそと軽口をたたき合っている。

やがて引廻しの行列は、筋違橋の南詰めにさしかかった。

異変が起きたのは、そのときである。

突然、見物の人垣をかき分けて、黒布で覆面をした浪人者がとび出し、引廻しの行列に向かって一目散に走りだしたのである。

「な、なんだ、あのサンピンは！」

野次馬の群れからどよめきが起きた。

騒ぎに気づいて、騎馬の検使与力がふり返った。その目に、疾駆してくる黒覆面の浪人の姿がとびこんで来た。

「な、何奴ッ！」

「曲者ッ！」

二騎の与力は、すかさず馬首をめぐらせると、ビシッと一鞭《むち》あてて馬を走らせた。

「かまわん。斬《き》り捨てろ！」

「はっ」

馬を駆りながら、二人の与力が抜刀した。見物の野次馬の群れから、ウオオーと地鳴りのような大歓声がわき起こる。

泥飛沫《しぶき》をはねあげながら、二頭の馬が覆面の浪人に突進する。

しゃっ。浪人が刀を鞘走《さやばし》った。

霧雨をついて二頭の馬が驀進《ばくしん》してくる。

浪人は、刀をだらりと下げたまま微動だにしない。

二頭の馬が眼前に迫る。距離はおよそ三間。馬上の与力が刀をふりあげた。

ドドッと大地をゆるがす馬蹄《ばてい》音、すさまじい勢いで二頭の馬が浪人の左右を駆けぬけた。馬と浪人が交差した一瞬、鋭い金属音がひびいた。刀を交える音である。

その瞬間に何が起きたのか、遠巻きに見ている野次馬にはわからなかった。

見物の群衆が異常事態に気づいたのは、その数瞬後だった。馬上に検使与力の姿はなかった。群衆の前を走りぬけた馬は二頭とも空馬《からうま》だったのである。

乗り手の二人は、泥田のようにぬかるんだ地面に倒れていた。二人とも泥濘《ぬかるみ》にのたうちながら、身をよじって苦悶《くもん》している。

見ると、一人は右の足首をくるぶしから截断《せつだん》され、もう一人は、左の手首を断ち切られていた。一刀両断の輪切りである。その切断面からおびただしい血が噴き出し、ぬかるみが泥絵具をぶちまけたように一面朱に染まっている。

野次馬の群れから、悲鳴とも驚声ともつかぬ喚声がわき起こった。

そんな騒ぎを一顧だにせず、覆面の浪人は、引廻しの行列に向かってまっしぐらに走った。

気づいた槍持ちの〝谷の者〟が、あわてて槍をかまえ、引廻しの馬の前に立ちふさがった。

覆面の浪人は、右八奴に刀をふりかぶり、泥水をはねあげながら一直線に突進した。

四人の〝谷の者〟がいっせいに槍を突き出した。

おそろしく柄の長い槍である。

この槍は実戦用の武器ではない。磔《はりつけ》の罪人を刺殺するための刑場用の槍である。柄の長さ二間半（四・五メートル強）、槍身（穂先）をいれると五メートルはあろうか。この長さが実戦では邪魔になる。ましてや〝谷の者〟たちは、武芸の心得のない下人である。これほどの長槍を使いこなせるわけがない。

次々とくり出される四本の槍を、浪人は左右にかわしながら、杣人《そまびと》が樹木の枝をはらうかのように、ことごとく断ち切っていった。

この時点で、すでに趨勢《すうせい》は決していた。浪人の剛剣に度肝をぬかれた〝谷の者〟たちは、穂先を失った槍を投げ出し、蜘蛛《くも》の子を散らすように奔馳《ほんち》した。

行列にとり残された幟持ちや捨札持ちの下人たちは、狐につままれたようにポカンと立ちすくんでいる。それを尻目に、浪人は引廻しの馬に駆けより、歌次郎の高手の縄を断ち切った。

馬添えの下人ふたりは、ただおろおろと見守るだけである。

「逃げろ」

浪人にうながされて、歌次郎は弾けるように馬からとび下りた。

ウオオー……。野次馬の群れから、ひときわ大きなどよめきが起きた。そのどよめきを背中に聞きながら、二人は烟雨のかなたに走り去った。

4

霧雨に烟《けむ》る大川の川面に、一艘《そう》の猪牙舟《ちょきぶね》がゆったりと浮かんでいる。

船上に覆面の浪人と歌次郎の姿があった。

さっきから二人ともまったく言葉を交わしていない。覆面の浪人は無言のまま、大川の西岸にするどい目を配っている。追手の気配を探っているのだ。

歌次郎は、虚ろな目を宙にすえ、放心したように舟床にうずくまっている。

静かだ。

聞こえるのは、水鳥の鳴き声と、櫓《ろ》のきしむ音だけである。

風もなく、鏡のように凪《な》いだ川面を、舟はすべるように下ってゆく。

櫓を漕《こ》いでいるのは中肉中背の男である。手拭《てぬぐ》いで頬かぶりをしているので、面体はわからない。この男も終始無言である。

新大橋の橋下をくぐりぬけると、浪人が泥と血にまみれた黒覆面をおもむろに解きはじめた。

覆面の下からあらわれた顔は――幻十郎であった。

「ご浪人さんは……？」

歌次郎が怪訝《けげん》な目で幻十郎を見た。

「わけは……、あとでゆっくり話す」

そういって、幻十郎はふたたび沈黙した。

（誰だろう？）

幻十郎の横顔にさりげない視線をむけながら、歌次郎は懸命に記憶の糸をたぐっていた。が、どうしても思い出せない。

額にきざまれた二筋の太い傷痕、するどく吊りあがった両眉と眼、鬼面のような悽《せい》愴《そう》な面貌――一度会ったら決して忘れることのない顔なのだが……。

やはり思い出せなかった。まったく見覚えのない顔である。

幻十郎は、歌次郎を知っていた。南町奉行所の定町回り同心をつとめていたとき、一度この男に会っているのである。

それは二年前のことだった。

深川や本所、両国、柳橋界隈《かいわい》の遊所を舞台に、芸者や遊女などの玄人女《くろうと》を手玉にとって小金をまきあげるというケチな詐欺事件が相次いだ。

その事件の探索に当たったのが、幻十郎＝神山源十郎であった。

被害にあった小料理屋の小女から番屋に訴えがあり、たまたまその番屋に立ち寄った源十郎が、行きがかり上、小女の訴えを取り上げざるを得ない羽目になったのである。

ほどなく男の身元が割れた。「百化けの歌次」の異名をとる役者くずれの男である。

源十郎は、本所一ツ目弁天の長屋に踏みこみ、その場で歌次を召し捕った。

いま幻十郎の目の前にいる歌次郎がその男である。

歌次郎は、十五歳のとき（文化十二年）に役者を志して、江戸三座のひとつ中村座に入り、上方から江戸に出稼ぎに来ていた、いわゆる〝下り役者〟の中村歌右衛門のもとで役者修業を積んでいた。その時に「歌」の一字をもらって、本名の藤次郎から歌次郎に名を変えたのである。

もともと素質がなかったのか、それとも修行が足りなかったのか、いつまでたってもさっぱり芽が出ず、五年前に見切りをつけて役者稼業をやめ、職を転々としながら自堕落な日々を送っていた。

そんな歌次郎にも、一つだけ特技があった。顔に簡単な化粧をほどこし、眉や目や口の動きひとつで、七代目市川団十郎、五代目松本幸四郎、三代目尾上菊五郎、五代目岩井半四郎、三代目坂東三津五郎など、人気絶頂の千両役者たちの顔を見事に真似てみせるのである。

特技というより、それは天稟《てんぴん》の「芸」といえた。

素顔の本人はお世辞にも男前とはいえないが、どこへ行ってもその「芸」が大受けに受け、とりわけ玄人の女たちには、信じられないほどもてた。

当時は、江戸歌舞伎の全盛期である。


『芝居見て、四五日奥のやかましき』


町屋の女たちは、芝居を見たあと四、五日は興奮が冷めやらず、家事もそこのけで役者の話題などに花を咲かせていた。

歌次郎は、そうした芝居人気に便乗し、得意の「芸」で遊里の女たちから小金をまきあげ、いつしか「百化けの歌次」の異名をとるようになったのである。

「芸は身を扶《たす》く」という言葉があるが、歌次郎の場合は「芸は身を滅ぼす」だった。

得意の「芸」が仇となって、ついにお縄をうける羽目になったのである。

奉行所に連行された歌次郎は、吟味の結果、罪状が軽微であり、改悛《かいしゅん》の情があるということで「所払い」の温情裁きが下された。

「所払い」は、追放刑としては二番目に軽い刑である。在方の者はその村、江戸居住の町民はその町への立ち入りが禁じられる。つまり、その町から出て行けば、江戸のどこに住んでもよいという、きわめて寛大な刑であった。

所払いになったあとの歌次郎の消息は、まったくわからなかった。深川や両国界隈で「百化けの歌次」の名を耳にすることも、二度となかった。

その歌次郎が、あろうことか「付け火」の容疑で捕まったのである。

居酒屋『権九郎』の片隅で、その話を聞いた瞬間、幻十郎は耳を疑った。何かの間違いだろうと思った。

歌次郎は、そんな大それたことができる男ではない。幻十郎に召し捕られたとき、膝をガクガクと慄《ふる》わせて、今にも泣き出しそうな顔をしていた。それほど根は小心者なのである。

――そんな男がなぜ付け火などという大罪を犯したのか?

幻十郎の胸に一抹の疑念がよぎった。

日本橋の高札場に立てられた捨札を見たとき、その疑念はさらに深まった。

――「火盗」(火付盗賊改役)に濡れ衣を着せられたのでは……?

ありうることではない。過去にも「火盗」の強引な捜査で、誤認逮捕や冤罪《えんざい》に陥れられた者がかなりいた。手柄功名のためには手段をえらばぬ連中なのだ。

——歌次郎は白だ。

そう確信した瞬間、幻十郎の脳裡《のうり》に一年前の記憶が鮮烈によみがえった。阿片密売組織の罠にはめられ、牢屋敷の刑場に送られたときの記憶である。

あのときの無念さと悔しさ、怒りと憎悪が、燃えたぎるように腹の底からこみあげてきた。

——無実の者を死なせるわけにはいかぬ。

その一念が、幻十郎を歌次郎救出に奔《はし》らせたのである。


「着きましたぜ」

船頭が、水棹《みさお》をおして猪牙舟を桟橋につけた。

そこは日本橋蠣殻《かきがら》町、松平越中守の中屋敷近くの入堀《いりぼり》（運河）の船着場である。

「ご苦労」

幻十郎が声をかけると、船頭は頬かぶりの手拭いをはずしてちらりと目礼した。

『四つ目屋』の鬼八《きはち》である。

三人は舟をおりて、入堀沿いの道を西に向かって歩をすすめた。ほどなく前方に雑木林が見えた。

樹木の枝には萌黄色《もえぎいろ》の新芽が吹き、春の気配を色濃くただよわせている。

雨は、もうやんでいた。

西の空に茜色《あかねいろ》の彩雲がたなびいている。

雑木林の中に、今にもひしげそうな茅葺《かやぶ》きのあばら家がたっていた。楽翁の用人・市田孫兵衛が、幻十郎の仮住まいとして用意してくれた『風月庵』である。

「ここなら誰にも見つかる心配はねえ」

幻十郎はそういって歌次郎を中にうながした。

風月庵にもどるのは、三月ぶりである。

部屋の中はきれいに片づいていた。孫兵衛が老婢の粂《くめ》に命じて、掃除をさせていたのだろう。

居間の家具も、押入れの夜具も、台所の什器《じゅうき》も、すべてがこの家を出ていったときのままである。三月も空き家にしていたとは思えぬほど、すみずみまで手入れが行きとどいていた。

泥まみれの幻十郎と歌次郎に、

「すぐ風呂をわかしやす」

といって、鬼八が風呂場に立ち去った。

幻十郎は、板間の囲炉裏に粗朶《そだ》をくべて、火をつけた。

5

　風呂を浴びて、幻十郎が板間にもどってくると、先に風呂に入って小ざっぱりと着替えた歌次郎が、酒肴《しゅこう》の膳《ぜん》をととのえて待っていた。膳にならんだ酒や肴《さかな》は、二人が風呂に入っている間に、鬼八が気を利かして買ってきたものである。その鬼八の姿が見当たらない。

「鬼八はどうした？」

「店を留守にして来たので、お先に失礼するとおっしゃって――」

　歌次郎が答えた。

　無言でうなずき、幻十郎は囲炉裏の前に腰をおろした。

「鬼八さんは、どんな商いをなさってるんで？」

　酒を注ぎながら、歌次郎が訊いた。

「四つ目屋だ」

「ああ……」

『四つ目屋』とは、張形などの性具やいかがわしい媚薬《びやく》を商う店――いまでいうポルノショップ――である。

「どうぞ」

と酌をしながら、歌次郎が物問いたげな目で幻十郎の顔を見た。何がいいたいのか、幻十郎にはわかっていた。

猪口の酒を飲みほすと、

「おれの素性を明かそう」

幻十郎がゆっくり口をひらいた。

「おれは神山源十郎だ」

「ええっ」

歌次郎は一瞬絶句した。

南町同心・神山源十郎は、朋輩《ほうばい》の吉見伝四郎を殺害した罪で、一年前に斬罪《ざんざい》の刑に処せられたはずである。

顔見知りの岡っ引からそう聞かされたとき、歌次郎は腰をぬかさんばかりにおどろいたが、幻十郎のいまの一言はそれ以上の驚愕《きょうがく》だった。

「ま、まさか……！」

歌次郎の顔が凍りついている。

二杯目の酒を手酌でつぎながら、幻十郎はこれまでのいきさつを手みじかに話して聞かせた。

阿片密売組織の罠にはまって牢屋敷の刑場に送られたこと、処刑直前に松平楽翁（定信）の奇策によって命を助けられたこと、その楽翁から陰扶持をもらって影目付になったことなど、一部始終をつつみ隠さず打ち明けた。

「そうだったんですかい……」

ようやく合点がいったという顔で、歌次郎が深々とうなずいた。

「歌次郎」

「はい」

「お前さんもおれと同じ運命《さだめ》だ。もう二度と娑婆《しゃば》では生きていけねえ」

「…………」

歌次郎が暗然とうなずいた。

「今日からおれの下で働かねえか」

「と申しますと？」

「仕事の中身はおいおい話す……それより、一つだけ確かめておきてえことがあるんだが――」

幻十郎がするどく歌次郎の顔を見すえた。

「あの付け火は、おめえの仕業じゃねえんだな？」

「あっしじゃありやせん。あれは濡れ衣です」

歌次郎はきっぱりと否定した。

「火盗はなぜおめえに目をつけたんだ？」

「それは……」

といって、記憶をたどるようにぽつりぽつりと話しはじめた。

本所の一ツ目弁天を「所払い」になったあと、歌次郎は神田三河町の裏店《うらだな》に居を移し、生来の手先の器用さを生かして、虫籠《むしかご》や鳥籠を編みながら、つつましく暮らしていた。

事件が起きたのは、ひと月前の二月朔日だった。

歌次郎は昼めしを食うために、三河町一丁目の行きつけの茶漬屋『ひさご』に足をむけた。

時刻は午九ツ半ごろ。昼めしどきの混雑がひとしきり過ぎたあとで、店内に客は一人しかいなかった。近所の生薬屋《きぐすりや》の番頭である。

「歌次郎さん、いらっしゃいまし」

女将《おかみ》のお勢が、いつものように愛想たっぷりの笑顔で、歌次郎を迎え入れた。

お勢は二年まえに亭主に先立たれ、女手ひとつで『ひさご』を切り盛りしていた。歳のころは三十一、二、女盛りの後家である。

器量もわるくない。唇がぽってりと厚く、口許に大きな黒子《ほくろ》がある。それが妙な色気をかもし出し、男心をそそった。

——あの女将には情夫《いろ》がいるぜ。

そんなうわさを耳にしたことがあるが、お勢ほどの女っぷりなら、男のひとりや二人いても不思議はないだろう。歌次郎はそう思っていた。

「ねえ、歌次郎さん……」

客が帰って二人きりになったとたん、お勢が急に鼻にかかった甘ったるい声で、

「今日はおひま？」

と、茶漬を食っている歌次郎の顔をのぞきこんだ。

「うん、まあ……」

「よかったら、お酒の相手してもらえません？」

「酒？　……まっ昼間っからかい？」

「さっきから、むしゃくしゃしてるんですよ」

お勢は憤然とした面持ちで、歌次郎のかたわらに腰をおろした。

「今日はろくでもない客ばっかり。お勘定払うふりして胸やお尻をさわったり、茶漬代を値切ったり……気分が悪いから今日はこれで店を閉めちまってさ。うさ晴らしにお酒でも飲もうかと思うの」

お勢は媚びるような笑みを泛かべて、歌次郎ににじりよった。

「一人じゃつまらないから、お酒の相手をしてもらえない？」

「そ、そりゃ、かまわねえが……」

「じゃ」お勢はいそいそと暖簾《のれん》をとり込み、入口の戸にしんばり棒をかませると、

「さ、奥へ」

歌次郎の手をとって奥の部屋にさそった。

もともと歌次郎はそう酒がつよいほうではない。たしかな記憶はないが、差しつさされつしているうちに、銚子五、六本は空けただろうか。いつのまにか酔いつぶれて寝込んでしまった。

気がつくと、かたわらにお勢が横たわっていた。裳裾《もすそ》がみだれ、太腿《ふともも》をあらわにしたしどけない姿である。

「お勢さん、お勢さん……」

と、お勢の躰をゆすったとたん、歌次郎の躰に戦慄《せんりつ》が奔った。

お勢の口から糸をひくように血がしたたり落ちている。しかもその首には何重にも細引が巻きつけられていた。

「うわッ」

悲鳴をあげて、歌次郎は転がるように店をとび出した。

『ひさご』から火が出たのは、その直後である。

「お勢を殺したのは、あっしじゃありません。気がついたらお勢は死んでいた、いえ、殺されていたんです」

そのときの恐怖がよみがえったのか、歌次郎は、一瞬沈黙し、

「けど……」

と、声を顫《ふる》わせて言葉をついだ。

「あっしがいくらそういっても、火盗改役の旦那方は信じてくれませんでした」

相手が「火盗」だけに、信じろというほうが無理なのかもしれぬ。まして歌次郎の供述を裏づける証拠は何もないのだ。

「歌次郎……」

幻十郎が険しい目で歌次郎を見た。

「そいつは罠だぜ」

「罠？」

歌次郎がけげんに聞きかえす。

「おめえに付け火の濡れ衣を着せるために、何者かが仕組んだ罠だ」

「け、けど、いったい誰が――」

「お勢には情夫がいるといったな?」

「へえ。うわさに聞いたことがありやす」

「罠を仕掛けたのは、そいつかもしれねえぜ。つまり……」

お勢はその男にそそのかされて、歌次郎を酒にさそったのである。そんなこととは露知らず、歌次郎はお勢にすすめられるまま、冷や酒をしたたかに飲み、やがて酔いつぶれて寝込んでしまった。

「そこへ男が姿をあらわし、いきなりお勢の頸《くび》に細引を巻きつけて絞め殺した――」

しばらくして、眠りから醒《さ》めた歌次郎が、お勢の死体に気づき、仰天して『ひさご』をとび出していった。男はそれを見とどけて『ひさご』に火をかけたのである。

「あっ」と息を呑んだまま、歌次郎は絶句した。

すべては「付け火」の罪を歌次郎にかぶせるための、巧妙に仕組まれた罠だったのである。

「その男は初手《はな》からおめえに的をしぼったわけじゃねえ。『ひさご』のなじみ客なら誰でもよかったはずだ」

たまたま歌次郎は運が悪かっただけだ、といって幻十郎は空になった盃に手酌で酒をついだ。

第二章　罠の男

1

楽翁は文机のまえに端座《たんざ》し、じっと瞑目《めいもく》して思案にふけっていた。

うららかな春の陽差し。窓ぎわの連翹《れんぎょう》の枝には黄金《こがね》色の花が咲き乱れている。

松平越中守の下屋敷の一角、『浴恩園《よくおんえん》』の奥書院である。

廊下の足音に、楽翁はふっと目をあけた。

「お呼びでございますか」

と襖《ふすま》の外で嗄《か》れた声がした。孫兵衛の声である。

「うむ。入れ」

襖がしずかに開いて、孫兵衛が入ってきた。

「何か……?」

「これを見よ」

楽翁が眉間に縦じわをきざみ、不機嫌そうにいった。

（また何か、殿のご不興を買うことでも……）

内心渋面をつくりながら、楽翁のまえに膝行《しっこう》し、文机の上を見た。真新しい二朱銀と一朱金、そして小判が一個ずつのっている。

「ほう、新しい金子《きんす》でございますか」

孫兵衛はけげんそうに三個の貨幣に目をやった。

「出羽め、おのれの失敗を棚にあげ、このような小細工で財政の破綻《はたん》をとり繕おうと図りおった」

楽翁が憎々しげに吐き棄てた。

「出羽」とは、十一代将軍・家斉《いえなり》の寵遇《ちょうぐう》を一身にうけ、幕府の最高権力者として幕閣に君臨する老中首座・水野出羽守忠成《ただあきら》のことである。

文机におかれた三個の貨幣は、逼迫《ひっぱく》した幕府財政の再建策として発行された新貨幣である。

楽翁が指摘したとおり、幕府の財政を破綻に追い込んだ原因は、忠成の放漫政治にあった。

水野出羽守忠成。当年、六十三歳。旗本・岡野備前守の二男として生まれ、長じて田沼意次の莫逆《ばくぎゃく》の友・水野忠友の婿養子となり、奏者番、寺社奉行、若年寄とトントン拍子に出世、ついに幕閣のトップにのぼりつめた当代一の出頭人といわれた男である。

忠成は、老中首座に就任した翌年（文政二年）、松平定信（楽翁）のブレーン、いわゆる「寛政の遺老」たちを幕閣から一掃し、田沼意次《おきつぐ》の四男・田沼意正《おきまさ》ら、おのれの息のかかった者たちを側近に登用して、悪評高い田沼意次の賄賂政治を――いや、それをしのぐほどの金権腐敗政治を展開させた。

『びやぼんを吹けば　出羽（忠成）どんどんと　金がものいふ今の世の中』

当時、江戸で大流行した鉄製の笛（ビヤボン）の音になぞらえて、水野忠成の賄賂政治を痛烈に風刺した狂歌である。

将軍実父として、幕政に隠然たる権力をふるう一橋治済《はるさだ》、その息子の十一代将軍・家斉、そして老中首座・水野忠成らの遊惰逸楽《ゆうだいつらく》、無為無策の放漫政治によって、いまや幕府の財政は火の車であった。

その再建策として打ち出されたのが、八十余年前に元文金銀を発行して以来タブーとされてきた「吹き増し」、すなわち金銀の含有率を下げて質の悪い貨幣を増量し、それによって生じる「出目」（改鋳による利益）で当面の危機をのり切ろうという、きわめて安易な政策であった。

「このような悪貨が出まわれば、市中の物の流れ、金の流れが混乱し、民をますます苦しめるだけじゃ」

楽翁が深々と嘆息した。杞憂《きゆう》ではなかった。現実に経済の混乱は起きていたのである。

品位の低い文政金が発行されたために、銀建ての上方とのあいだでレート差が生じ、銀にたいする金相場が下落、江戸の諸色（物価）は高騰し、さらに金相場が下落したことによって、新旧貨幣の引き換えが思うようにすすまず、金融市場は大混乱したのである。

「吹き増しで金相場が下落したために、新貨幣は一向に市中に出まわらぬ。金が出まわらなければ、幕府の金蔵も潤わぬ。つまり、得をするものは誰もおらぬということじゃ」

「御意……」

孫兵衛が神妙な顔で相づちをうつ。

「出羽（水野）はそれを承知で、あえて貨幣の改鋳にふみ切った。その裏にはきっと何かあるはずだ。かならずある」

「つまり、不正……でございますか？」

「財政再建とは名ばかり、おのれの腹を肥やさんがための狡計《こうけい》、とわしは看《み》たが
――」

「しかし、貨幣改鋳の裏にいったいどのようなからくりが……？」

孫兵衛が訊きかえす。

「わしに訊いてどうする」

楽翁が苛立《いらだ》つように声を尖《とが》らせた。

「それを探れと申しておるのじゃ」

「ははっ」

と叩頭《こうとう》はしたものの、孫兵衛は内心困惑していた。

（さて、どうしたらよいものやら……）

何をどう探ればよいのか、手だても方策も浮かばない。

楽翁がそれを見透かしたように、

「新たに密偵を雇って探らせるもよし、勘定方の役人に金をにぎらせて探るもよし。すべてはそちの裁断にまかせる。徹底的に調べ上げてくれ」

「はっ、承知つかまつりました」

恐懼《きょうく》するように深々と低頭して、孫兵衛は退出した。

空は雲ひとつなく晴れわたっている。

ふりそそぐ陽差しは汗ばむほどつよい。まるで初夏を想わせる陽気である。

午後の日盛り――。

孫兵衛は入堀沿いの道をぽくぽくと歩いていた。

――この仕事を頼めるのは、幻十郎しかおるまい。

そう思って、蠣殻《かきがら》町の『風月庵』に足をむけたのである。

幻十郎が姿を消して、かれこれ三月《みつき》になる。その間、何度か『風月庵』をたずねてみたが、戻ってきた気配はなかった。それでも下女の粂に命じて部屋の掃除だけはさせておいたが、幻十郎がかならず戻ってくるという確証は何もなかった。

ただ、心のかたすみに、

――ひょっとしたら……。

という想いは常にあった。期待というより、願望である。とりわけ今日はその願望がつよかった。

(戻って来ておればよいが……)

祈るような気持ちで『風月庵』の丸太門をくぐりかけたとき、孫兵衛の目に見なれぬ男の姿がとび込んできた。

頭をつるつるに剃《そ》りあげた二十五、六の若い男が、竹箒《たけぼうき》で玄関の前を掃いている。

「何者じゃ？　お前は」

孫兵衛が声をかけると、一瞬、男はビクッと身をすくめて、怯《おび》えるように後ずさった。

「幻十郎の知り合いか？」

孫兵衛がさらに詰問すると、とたんに男の表情がゆるんだ。幻十郎の名を聞いて警戒心が解けたようである。

「はい」と男は素直にうなずき、

「歌次郎と申すものでございます」

と名乗った。「百化けの歌次」である。頭を剃ったせいか、別人のように面相が変わっていた。

「お武家さまは？」

歌次郎が訊き返した。

「わしは市田……市田孫兵衛じゃ。幻十郎はおるか？」

「はい。どうぞ中へ」

歌次郎にうながされて玄関に入ると、すかさず、

「孫兵衛どの！」

と奥から幻十郎が大股《おおまた》に出て来て、なつかしそうに孫兵衛の顔を見た。

「おひさしぶりでございます」

「死神、戻っておったか」

孫兵衛もうれしそうに破顔した。

「どうぞ。おあがりください」

孫兵衛を板間に通し、歌次郎に茶の支度をさせた。

「何者じゃ？　あの男は」

孫兵衛は、立ち去る歌次郎のうしろ姿にけげんな目をやって、小声で訊いた。

「わたしの手下《てか》です。名は歌次郎。信用できる男ですから、ご心配なく」

引廻しの行列を襲って歌次郎を救出したことは、あえて話さなかった。

孫兵衛にいらぬ心配をかけたくないという配慮もあったが、事が事だけに、ほとぼりが冷めるまで隠しておきたいという気持ちがあったからである。

2

「どうぞ」

歌次郎が茶盆を運んできた。

その茶をぐびりと一口飲んで、「ところで幻十郎……」と孫兵衛が重々しく口をひらいた。

「おぬしに折入って頼みがある」

「仕事……ですか？」

「うむ……殿から厄介な仕事を仰せつかってのう」

貨幣改鋳の一件である。

孫兵衛は、事情をかいつまんで説明し、

「その裏に何か悪企みがあると楽翁さまは看ておられる……それをおぬしに探ってもらいたいのじゃ」

「…………」幻十郎は、黙って思案している。何を考えているか、孫兵衛には大方の察しがついていた。

「誤解せんでくれ。これは命令ではない。おぬしとわしとの取り引きじゃ」

といって、懐中から切餅《きりもち》二個（五十両）をとり出し、幻十郎の前にずしりと置いた。

「手付けの五十両じゃ。首尾よく仕事をやりとげた暁には、これ以外におぬしの言い値どおりの仕事料をはらう」

幻十郎は、無言で膝元におかれた二個の切餅に目を据えた。

――楽翁の操り人形にはならぬ。

それが「影目付」を辞めた最大の理由だった。楽翁との主従関係を断ち切りたかったからである。

孫兵衛は「取り引き」といった。その言葉を信じれば、これで楽翁と幻十郎は対等な立場に立ったことになる。

つまり、楽翁はたんなる「仕事」の依頼人にすぎず、幻十郎はその「請負人」にすぎない。請けるも断るも、幻十郎の胸ひとつにかかっていた。

手付金は五十両。仕事をやりとげれば、さらに言い値どおりの仕事料をはらうという。悪い話ではなかった。

「お引き受けいたしましょう」

「そうか！　……やってくれるか」

孫兵衛の顔がほころんだ。

「かたじけない。頼んだぞ、死神」

すがるようにそういって、孫兵衛は腰をあげた。

孫兵衛を玄関に送り出すと、幻十郎は板間にとってかえして、歌次郎をよんだ。

「さっそくだが、おめえに頼みがある」

「はい。なんなりと――」

「しばらく水野出羽守の屋敷に張り込んでもらいてえんだが」

「ご老中さまのお屋敷に？」

「不審な動きがあったら、すぐおれに知らせてくれ」

「承知いたしました」

と立ち上がろうとすると、

「歌次郎」

幻十郎が呼びとめて、五両の金子を手わたした。

「当面の費用だ」

「ありがとうございます」

歌次郎は金を受けとると、一礼して足早に出ていった。


貨幣改鋳——その裏にどんな悪計がひそんでいるのか、幻十郎には皆目見当もつかなかったが、老中首座・水野出羽守がみずから動くことは、まずありえない。動くとすれば水野家の家臣、それも家老か用人級の重臣だろう。

歌次郎がその動きをつかんでくれば、疑惑解明の糸口になる。

——おれの出番はそれからだ……。

幻十郎には、もう一つやらなければならぬ仕事があった。歌次郎に「付け火」の濡れ衣を着せた犯人を割り出し、連続放火事件の真相を探ることである。

昨年の暮れから相次いだ「赤馬騒ぎ」は、二月八日の霊岸島の火事を最後にぴたりとやんでいた。

——だが……。

これで騒ぎが終息したとは思えない。付け火の「犯人」は、江戸のどこかでじっと息をひそめながら、次の犯行の機会をうかがっているにちがいない。

——楽翁の「仕事」にとりかかる前に、まずそいつを洗い出すのが先決だ。

幻十郎は差料をひろって腰に落とし、神田三河町に足をむけた。

蠣殻町から日本橋をへて外濠《そとぼり》通りにでる。濠沿いの道を北に向かってしばらく行くと、前方に小さな橋が見えた。

竜閑橋《りゅうかんばし》である。

その橋をわたりかけたとき、幻十郎は思わず顔をしかめて足をとめた。

異臭がツンと鼻をついた。焼け跡特有の焦げくさい臭いと、焼死体の腐敗臭などが入りまじった強烈な臭いである。

「こいつは、ひでえ……」

つぶやきながら、幻十郎はあたりを見まわした。

竜閑橋の北側は一面の焼け野原である。ところどころに焼け残った柱の残骸《ざんがい》が点在しているが、原形をとどめる家は一軒もなかった。見わたすかぎり燼灰《じんかい》と瓦礫《がれき》の山におおわれた焦土である。

三河町まで来ると、瓦礫の山陰に、黙々と立ち働く大工や左官たちの姿が散見できた。焼け跡にはもう何軒か新しい家が建ちはじめている。

〝火事なれ〟した江戸市民の意気込みを示すかのように、あちこちから復興の槌音《つちおと》が高らかに、逞《たくま》しくひびいてくる。

幻十郎は、三河町一丁目の南角に立っていた。そこは火元の茶漬屋『ひさご』があった場所だが、その痕跡をとどめるものは何もなかった。

一面ただの瓦礫の山である。出火時の勢いのすさまじさがありありと見てとれる。『ひさご』の女将《おかみ》・お勢の死体も一瞬にして猛火にのみこまれ、「事件」の真相とともにこの瓦礫の山の下にうずもれたのだろう。

幻十郎は、焼け跡に合掌して、踵《きびす》をかえした。


神田堀にそって東に歩をはこび、新革屋町の水主河岸《もんどがし》で猪牙舟にのった。

舟はゆったりと神田堀を下ってゆく。

三河町一帯の焼け跡とは、まるで別天地のように堀の両岸には青々と柳の枝がそよぎ、堀沿いの家並みも、通りを行き来する人々の姿にも生気がみなぎっている。

小半刻《こはんとき》もたたぬうちに、

「お待ちどおさま――」

船頭が舟をとめた。

亀井町の東はずれの船着場である。神田堀は、ここからほぼ直角に南西に屈曲し、浜町堀に合流する。

幻十郎は、舟をおりると徒歩で両国薬研堀《やげんぼり》にむかった。『四つ目屋』の鬼八をたずねるつもりである。

街はうっすらと暮色に染まっている。

薬研堀の水面にちらほらと灯りがゆれ、仕事をおえた職人やお店者《たな》たちが堀沿いの道をそぞろ歩いている。

薬研堀の賑《にぎ》やかな表通りから、どぶ板をしきつめたせまい路地に足をふみ入れると、路地の奥に「四つ目結び」の掛け行燈《あんどん》が見えた。

がらり、腰高障子を引きあけて中に入る。

「いらっしゃいまし」

衝立の陰から、額の禿《は》げあがった中年男が姿をあらわした。鬼八である。

「ちょっと、いいか？」

幻十郎が顎《あご》をしゃくって、奥をみた。

「どうぞ」

鬼八は幻十郎を奥の部屋に通し、貧乏徳利の酒を茶碗に注ぎながら、

「仕事ですかい？」

探るような目で訊いた。

鬼八は、七年前に病没した幻十郎の父・神山源之助（当時、南町奉行所定町回り同心）の手先（密偵）をつとめていた男である。

「茶漬屋の女将？」

茶碗酒をすすりながら、鬼八がけげんな目で幻十郎の顔を見た。

「名はお勢。三河町の火事の火元になった『ひさご』の女将だ。お勢はその火事で焼け死んだ。いや、焼け死ぬ前に殺されていた」

「殺された？」

「お勢は、歌次郎に付け火の濡れ衣を着せるための罠の小道具として利用され、あげくの果てに首を絞められて殺された……下手人はお勢の情夫《いろ》とみて間違いねえだろう」

「そいつを洗い出せと……？」

「ああ」

「承知しやした」

鬼八はこころよく引き受けた。むろん、ただ働きではない。仕事の内容に応じて、そのつど幻十郎から手間賃が支払われるのである。

相次ぐ大火で、盛り場には冷え冷えと不景気風が吹いていた。『四つ目屋』の商いもこのところさっぱりだった。鬼八にとって、幻十郎からの仕事は渡りに船だったのである。

幻十郎が仕事料の五両を手渡すと、

「ありがてえ。これでひと息つけやす」

と鬼八は素直に喜んだ。

3

春霞《はるがすみ》の夜空に丸い月がぼんやりと浮かんでいる。

生ぬるい風が首すじをなでてゆく。

幻十郎は浜町河岸を歩いていた。

──志乃はどうしているだろう？

ふとそんな想いが脳裡をよぎった。

このひと月あまり、幻十郎は志乃に逢っていなかった。逢おうと思えばいつでも逢えるのだが、なぜかそれをためらわせるものが、幻十郎の心のすみにあった。

志乃──幻十郎の妻・織絵《おりえ》を凌辱《りょうじょく》して自害に追いやった隠密回り同心・吉見伝四

郎の妻である。いや、妻だった女である。その吉見を斬殺した罪で、幻十郎は牢屋敷の刑場に送られた。

　妻を殺された男と、その男に良人《おっと》を殺された女。いわば二人は互いに被害者であり、互いの加害者でもあった。

　その後、志乃は良人が残した多額の借金のために吉原の切見世に身を売った。

　風のうわさでそのことを知った幻十郎は、素性を偽って志乃を身請けし、堀留町の質屋の離れに住まわせた。

　もちろん「囲い者」にしようなどという陋劣《ろうれつ》な下心はなかった。良人の不祥事が因《もと》で、躰をひさがなければならぬほど零落した志乃に憐《あわ》れみを感じたからである。

　志乃は、その代償として、幻十郎の前に惜しげもなく裸身をさらした。まぶしいほど白く、ゆたかな肉体だった。

　幻十郎はわれを忘れて志乃を抱いた。いま思えば、それが亡き妻・織絵との訣別《けつべつ》の瞬間だったのかもしれぬ。

　志乃と肌を合わせるたびに、幻十郎の脳裡から織絵の幻影が淡雪のように消えていった。もう心に咎《とが》めるものは何もなかった。志乃にたいするわだかまりもない。逢いたいと思えば、いつでも逢えるのだが……。

　それをためらわせる何かが、幻十郎の胸の底に重く沈殿していた。

――志乃とは生きる世界がちがう。

一度苦界《くがい》に身を落とした女とはいえ、いまの志乃は市井《しせい》の片隅でひっそりと生きる、ふつうの女である。たとえそれがどんなにささやかなものであっても、志乃の人生には未来もあり、希望もあり、夢もあるだろう。

だが、現世無縁の幻十郎に明日という日はない。あるのは無間《むげん》の闇につづく修羅の道だけである。

そんな二人が抜き差しならぬ深みにはまったらどうなるか。志乃にとって、それは決して報われることのない愛であり、永遠に成就しない不毛の恋なのである。

――志乃を苦しめたくない。

それが幻十郎をためらわせる最大の理由であった。

(しばらく逢わぬほうがよいだろう)

つぶやきながら、幻十郎は足を速めた。

難波橋を渡りかけたときである。

「助けて!」

突然、女の叫声が聞こえた。ふり返って闇に目をこらすと、髪をふり乱し、裾をからげて一目散に走ってくる女の姿が目路《めじ》に入った。二十歳《はたち》そこそこの若い女である。

そのあとから、破落戸《ごろつき》ふうの男が二人、猛然と追ってくる。

（何事だ？）

幻十郎が不審げに足をふみ出そうとすると、

「手出しは無用！」

ふいに背後で野太い声がした。ふり向くと、躰つきのがっしりした、目つきのするどい浪人者が、暗がりにうっそりと立っていた。

「おぬしは……？」

幻十郎が怪訝《けげん》な目で誰何《すいか》した。

「高山兵庫と申す素浪人……あれは、手前の妹だ」

浪人者は、無表情でそういった。

「妹？」

「奉公先から逃げ出して来たのだろう。困ったものだ……」

浪人者は苦笑を泛かべた。歳は二十七、八か。笑った顔にも昏《くら》い翳《かげ》りがある。

幻十郎は闇の奥に気がかりな目をやった。二人の破落戸が女をかかえるようにして、足早に立ち去ってゆく。

「いや！　離してください。お願いです！」

女の叫び声がしだいに遠去かり、三人の姿はまたたく間にかなたに消えていった。

浪人者は、まるで他人事《ひとごと》のように冷ややかな目で見やり、

「ごめん」

と一揖《いちゆう》して背を返した。

幻十郎はその場に佇立《ちょりつ》したまま、立ち去る浪人者のうしろ姿を不審な目で見送り、やがて、その姿が路地に消えるのを見届けると、ひらりと身をひるがえしてあとを追った。

路地角で足をとめて用心深く気配をさぐり、間合いを見計らって路地にとび込んだ。刹那《せつな》――抜き打ちの一刀が飛んできた。幻十郎は上体をそらして切っ先を見切り、次の斬撃にそなえて、刀の柄に手をかけた。

が、二の太刀は来なかった。

浪人者が、抜き身をひっ下げたまま、突き刺すような目で幻十郎を射すくめている。

「手前に何か……?」

一瞬、幻十郎は言葉につまった。

「望みとあらば、立合いに応じるが……」

「いや、いまの一太刀でおぬしの腕はわかった。やめておこう」

「ふふふ、後ろからばっさりやられるのは敵わんからな。付け回すのはやめてもらおうか」

といって、浪人者は刀を鞘におさめ、肩をそびやかせて立ち去った。

その背に険しい視線を投げかけながら、

（あの太刀ゆき……かなりの使い手だ）

幻十郎は肚《はら》の底でつぶやいた。


じりっ。燭台《しょくだい》の灯がかすかにゆれる。

ほの暗い光暈《こううん》のなかに、脂ぎった侍の顔が浮かぶ。

平岡左兵衛《さへえ》。三十六歳。「火盗」の組与力である。

そこはとある商家の土蔵の中――。

平岡は藺筵《いむしろ》にあぐらをかき、舐《な》めるように酒を飲んでいる。

「不実な娘よのう……」

低くつぶやきながら、平岡がぎろりと眼を動かした。土蔵のすみに、猿ぐつわを噛《か》まされ、両手両足を縛られた若い女が芋虫のようにころがされている。

先刻、浜町河岸の難波橋ちかくで、破落戸どもに追われていたあの娘である。

「お前がその気になりさえすれば、兄貴の仕官が叶うというのに……」

兄とは、先刻の浪人・高山兵庫のことであり、娘はその妹の菊江であった。

「さて」

平岡は、刀を引きよせて、菊江のそばににじり寄り、

「御前《ごぜん》にさし出す前に、とっくりと検分させてもらおうか」

と、刀の鞘で菊江の襟元を左右に押しひろげた。形のよい乳房がぼろんとこぼれ出た。

菊江は必死に身をよじる。あらわにはだけた胸肌が羞恥《しゅうち》で桜色に染まっている。身をよじるたびに蕾《つぼみ》のような乳首が小さく顫《ふる》えた。

「ふふふ、なかなかの上玉だ。きっと御前も喜ぶだろう」

淫猥《いんわい》な笑みを泛かべ、やおら胸のふくらみをわしづかみにした。さほど大きくはないが弾力性のある乳房である。

平岡が両手でゆっくり揉《も》みしだく。菊江は目を閉じて耐えている。指先で乳首をつまむ。ぴくんと菊江の躰が敏感に反応する。

平岡は一方の手を下肢にのばし、着物の裾をたくしあげた。白い腿がむき出しになる。菊江は必死に脚を閉じる。平岡の手が腰のものを剝《は》ぐ。太腿の付け根が薄い秘毛でおおわれている。

「やめてください！」

ふいに菊江が叫声を発した。猿ぐつわが外れたのである。

「ふふふ、恥ずかしいか」

「お願いです。やめてください」

「素直に御前の側妾《そばめ》になるといえ」

平岡が酷薄な笑みを泛かべていう。

「いやです！」

菊江はきっぱり拒絶した。

「ならば致仕方あるまい。〝うん〟というまで、おれがたっぷり可愛がってやる」

というや、平岡は菊江の足首のいましめを解き、股のあいだに両膝を割り込ませた。

「や、やめてくださいッ！」

叫びながら、必死に上体を起こそうとすると、平岡が両足首をつかんで高々ともち上げた。菊江の上体がふたたび仰向けに倒れる。

平岡は、もち上げた両脚を肩にかけた。菊江の下肢がくの字に折れる。ちょうど赤子が襁褓《むつき》を替えるときのような、あられもない恰好である。

平岡は、片手でもどかしげに袴《はかま》を脱ぎ捨て、着物の前を押しひろげて下帯を解く。いきり立った肉根がはじけ出る。

「お、お願いです……。許して……ください――」

菊江が哀願する。

「〝うん〟というまでは許さぬ！」

平岡は、いきり立った一物を突き刺すように菊江の秘所に挿しこんだ。

「あーッ……」

菊江が悲鳴を発した。平岡の肉根が容赦なく秘所を責める。菊江は上体をのけぞらせて苦悶する。

「い、いやッ……やめて……許してください！」

「強情をはらずに素直にいうことを聞け！　御前の側妾になります、よろこんでお仕えいたします。一言そういえば許してやる！　さ、言えッ！」

平岡は狂ったように喚きながら、執拗《しつよう》に菊江を責めたてた。

4

翌日の午下がり——。

市田孫兵衛が、ふらりと『風月庵』を訪ねてきた。

幻十郎は、孫兵衛を板間に通し、茶を差し出しながら、

「仕事の催促ですか？」

皮肉まじりに訊いた。

「あ、いや……」と孫兵衛は手をふり、「所用があってこの近くまで来たのでな。ついでにちょっと立ち寄っただけじゃ」

弁解がましくいった。そのわりにはどことなくそわそわしている。やはり仕事の進《しん》捗《ちょく》状況が気になるのだろう。

「ご安心ください。歌次郎を水野の屋敷に張り込ませました。そのうちきっと何かつかんで来るでしょう」

「そうか――」

孫兵衛は、安堵《あんど》したようにうなずき、茶をぐびりとすった。

話題が途切れて、なんとなく間具合の悪い沈黙が流れた。互いに話の切り口を探しているのだが、仕事以外の話となると、なかなか共通の話題が見つからない。

「そういえば……」

先に口を切ったのは、幻十郎だった。

「昨夜、奇妙な事件に出くわしましたよ」

ほんの場つなぎのつもりで、昨夜の一件を持ち出したのである。

「奇妙な事件？」

孫兵衛が思わず膝をのり出し、興味津々のていで訊きかえした。

幻十郎は、ゆうべの出来事をかいつまんで話した。

話を聞きおえた孫兵衛が、ふと首をかしげながら、

「高山兵庫？　……その浪人者は、たしかにそう名乗ったのだな？」

念をおすように聞いた。意外な反応だった。

「ご存じですか？」

「うむ。昨年、殿中で刃傷《にんじょう》沙汰《ざた》をおこして自刃した高山外記《げき》の伜《せがれ》じゃ」

「殿中で刃傷沙汰を……！」

孫兵衛の話によると、事件がおきたのは昨年（文政六年）の四月二十二日——奇しくも、幻十郎が隠密回り同心・吉見伝四郎殺害の罪で、小伝馬町の牢屋敷に収監された翌日のことである。

ことの発端は、十一代将軍・家斉の世子・家慶《いえよし》（のちの十二代将軍）の追鳥狩《おいとりが》りの拍子木役（勢子の指揮をとる役目）をめぐって、西ノ丸御書院番三番組の四十八人が争ったのが始まりであった。

「追鳥狩り」とは、狩場にあらかじめ雉子《きじ》や鶉《うずら》などの「ふせ鳥」を放しておいて、将軍世子・家慶に馬上から弓で射止めさせるという、たぶんに儀式的色彩の濃い行事である。

この追鳥狩りのお供先に選ばれるのは、将軍の親衛隊ともいうべき御書院番組士にとって、この上ない栄誉であった。

烈しい競争のすえ、拍子木役に選ばれたのが高山外記という男であった。ところが、御書院番三番組四十八人中、二十番目という外記の座次《ざなみ》が、同僚のあいだで俄然《がぜん》問題になった。

上の十九人をさしおいて、なぜ席順の低い外記が、栄《は》えある拍子木役を拝命したのか。裏でひそかに手をまわしたのではないか、といった疑惑とともに、ねたみまじりの誹謗《ひぼう》中傷が轟々《ごうごう》とわき起こった。一種の「職場いじめ」である。

城内の休息部屋で、同僚たちからあからさまな悪口雑言をあびせられた外記は、ついに堪忍袋の緒がきれ、席順筆頭の本田伊織に遺恨の一刀をあびせた。さらに止めにはいった沼間右京と戸田彦之進を斬殺し、騒ぎを聞きつけて飛んできた間部源十郎と神尾五郎三郎を叩き斬った。

事件直後、「外記の五人斬り」といわれたほど、それはすさまじい殺戮《さつりく》であった。五人のほかに同僚七人に重傷を負わせた外記は、その場で腹をかっさばき、返す刀で咽喉《のど》を突いて自刃した。

「──もちろん、高山家は即刻断絶。しばらくして妻女は心労がもとで病死したと聞いたが……」

淡々と語りながら、孫兵衛は茶を一口すすって、言葉をついだ。

「遺された伜と娘が、その後どうなったかは、わしも知らん」

「すると、昨夜の浪人者とあの娘は……？」

幻十郎が訊きかえす。

「外記の伜・高山兵庫と娘の菊江に相違あるまい」

「…………」

幻十郎は、暗然と沈黙した。あの浪人者がふっときざんだ笑みに、暗い翳りがあったことが、それで納得できた。

「さて、わしはそろそろ――」

孫兵衛が、湯飲みをおいて、大儀そうに腰をあげ、

「のう、死神――」

ためらうように幻十郎の顔を見た。

「決して催促するわけではないが……楽翁さまは気の短いお人でのう……できれば一日もはやく吉報を届けてもらいたいのだが……いや、決して催促するつもりはないが」

と、いいつつ催促している。

「重々承知しております」

幻十郎は、苦笑を泛かべて孫兵衛を玄関に見送った。

孫兵衛が立ち去って四半刻ほどたったころ、表に足音が聞こえた。駒下駄のかろやかな足音である。

（志乃か……）

案の定、ごめんくださいまし、と声がして、志乃が入って来た。

「しばらくだな」

幻十郎が声をかけると、

「すっかりお見かぎりで……」

皮肉たっぷりにそういって、志乃は婉然《えんぜん》と微笑《わら》った。やや濃いめに化粧をしているせいか、ひと月ぶりに逢う志乃は、一段とあでやかに見えた。

「何度かうかがったんですけど、ずっとお留守でしたね」

「うむ。あちこちふらついていたのでな……」

幻十郎は、あいまいに応えた。

気をとりなおすように、志乃が一升徳利と紙包みをさし出した。

「途中で買って来たんです。灘《なだ》の下り酒と佃煮《つくだに》……ひさしぶりに一杯やりませんか？」

「うむ」

志乃は、勝手から猪口と小鉢をもって来て、紙包みの佃煮を小鉢にうつし、猪口に酒をついだ。

「どうぞ」

幻十郎は、つがれた酒を一気に飲みほした。こくのある芳醇《ほうじゅん》な酒である。たてつづけに数杯飲む。

「ねえ、旦那……」

志乃が膝をくずして、上目づかいに幻十郎の顔を見やった。切れ長な目がぞくっとするほど色っぽい。

「あたしにも〝仕事〟を手伝わせてくださいな」

「…………」

幻十郎は黙っていた。楽翁から請け負う闇の仕事が、「人殺し」であることは志乃も知っているはずである。初めてそれを告白したとき、

「嫌な仕事ですねえ」

と志乃は眉をひそめた。あの一言が幻十郎の心のすみに、小骨のように突き刺さっている。

すでに幻十郎は、十六人の生命を闇に屠《ほふ》った。その罪業は深い。拭っても拭いきれぬ罪業を背負って、生涯、修羅の道を歩かねばならぬ運命を幻十郎は背負っていた。

――志乃を道連れにするわけにはいかぬ。

言葉にこそ出さなかったが、心の底でそうつぶやきながら、幻十郎は首をふった。

「わかってますよ」

志乃が、幻十郎の胸中を見透かすようにいった。

「でも、あたしだって同じ……そんな旦那と離れられない仲になっちまったんですから……」

そういって、志乃は狂おしげに幻十郎の胸にしなだれかかった。甘い女の匂いが鼻孔をくすぐる。

「あたしも旦那と一緒に修羅の道を歩きます」

「志乃……」

幻十郎は、思わず志乃の躰を抱きよせた。志乃が両手を幻十郎の首にからめる。

「旦那、あたしは……」

いいかけた志乃の口を幻十郎の唇がふさいだ。

そのまま折り重なるように躰を横たえる。胸を押しひろげて乳首を口にふくむ。

志乃は、かすかなあえぎ声をもらしながら、幻十郎の股間に手をのばした。下帯の下に熱く、屹立《きつりつ》したものがあった。しなやかな指でそれをつまみ出すと、志乃はやさしく秘所にいざなった。肉ひだがしっとりと濡れている。

幻十郎が一気に挿しこむ。志乃が腰をふる。幻十郎が烈しく突く。二人はしだいに昇りつめていく。

志乃と逢えば、こうなることはわかっていた。男と女の、これも逃れられぬ宿業である。

愛欲——喉《のど》が渇いたときに人が水をもとめるがごとき刹那の欲望。それを仏教では「渇愛《かつあい》」といい、渇愛はこの世のすべての苦諦《くてい》（苦しみ）の原因であると釈迦は説く。

幻十郎と志乃は、底のない苦諦の闇に堕ちていった。

5

歌次郎が、水野出羽守の屋敷の張り込みを始めてから十日ほどたつ。

その間、不審な動きはまったくなかった。

今朝も快晴。春というより、初夏を思わせる陽気がつづいている。

幻十郎が朝餉《あさげ》のあとの茶を飲んでいると、奥から身支度をととのえた歌次郎が出てきて、

「旦那、どうですかい？」

と訊いた。月代《さかやき》をのばし、唐桟縞《とうざんじま》の着流し姿、一見して遊び人ふうのいでたちである。

髪は髪結床で買ってきた鬘《かつら》、着物は古着屋で買ってきたものである。

「ほう、今日は遊び人か……」

「へい」

「さすがは『百化けの歌次』だ。誰が見たって『付け火』の歌次郎には見えねえぜ」

幻十郎が冗談まじりにいった。

「恐れいりやす。じゃ」

ぺこんと頭を下げると、歌次郎はひらりと身をひるがえして出ていった。

歌次郎が出ていくのと、ほぼ入れ違いに四つ目屋の鬼八が入ってきた。

「おう、鬼八。何かわかったか？」

「へい。お勢の情夫の正体がわかりやしたよ」

「そうか……」

お勢は、神田三河町の火事の火元となった茶漬屋『ひさご』の女将である。そのお勢の情夫の素性がわかったというのだ。

「小川町の火消し屋敷に住みこんでいる浅吉ってガエン（臥煙＝火消し人足）だそうで――」

「ほう」

幻十郎の目がきらりと炯《ひか》った。

ガエン（臥煙）とは、幕府直轄の消防組織「定火消し《じょうびけ》」の火消し人足のことである。

この時代、江戸の消防組織は〝いろは四十八組〟の「町火消し」と、諸藩邸が組織する「大名火消し」、それに幕府直轄の「定火消し」の三つにわかれていた。

定火消御役は、御先手組（番方）の弓組から三組、鉄砲組から七組、計十組で構成され、五千石以上の大身旗本がこの任にあたった。御役料は三百人扶持、布衣、菊の間南敷居外の席という身分である。

御役一組につき、役与力が六騎、同心が三十人配され、その下に三百人の火消し人足（ガエン）が付せられた。

十組の定火消御役は、それぞれ駿河台、八代洲《やよす》河岸、六番町、市ヶ谷、麴町、お茶の水、赤坂御門外、小川町、飯田町、溜池の十ケ所に役屋敷を賜っている。

浅吉は、小川町の定火消屋敷につめるガエンの小頭であった。

「歳は三十二。右頰に二寸ほどの刃物傷があるので、見ればすぐわかるそうですよ」

「そうか……」

火事場馴《な》れしたガエンなら、火を扱うのはお手のものである。『ひさご』のお勢を殺して店に火をかけた犯人は、浅吉と見てまず間違いないだろう。

「じゃ、あっしはこれで」

と立ち上がる鬼八を、

「鬼八」

幻十郎が呼びとめて、

「ネタ料だ」

二両の金を差し出した。

「いえ、先日いただきましたから」

「あれは聞き込みの手間賃だ。ネタ料はべつに払う。おさめてくれ」

「じゃ、遠慮なく」

「また何かあったら頼むぜ」

「へい」

二両の金子をおしいただくようにして、鬼八は出ていった。


陽が落ちるのを待って、幻十郎は『風月庵』を出た。

先日とおなじ道をたどって三河町の焼け跡に出て、神田橋御門の先を右に折れる。

三河町の西北一帯が小川町である。古くは御鷹師が多く住んでいたので元鷹匠町ともいわれた。内藤大和守の屋敷内に、上野不忍池に水脈が通じる小川があったので、小川町の町名がついたといわれている。

しばらく行くと、前方に火の見櫓《やぐら》が見えた。高さは五丈（約十五メートル）もあろうか。櫓のうえには太鼓と鐘と板木がそなえられている。

出火の際には、鐘と太鼓をドン・ジャン・ドン・ジャンとひとつ混ぜに打ち鳴らし、定火消御役は、錏《しころ》の兜頭巾《かぶとずきん》に火事羽織の装束で馬にのり、同じ火事装束の与力三騎、革頭巾に革羽織の同心、ガエン三百人を従えて出動する。

ガエンたちは定火消し屋敷の一番部屋、二番部屋、三番部屋に百人ずつ分かれて居住し、夜は十一人一組で丸太を枕にして寝る。

三つの部屋にはそれぞれ部屋頭がおり、火事が発生すると、枕代わりの丸太の端に掛矢を打ちこんでガエンたちを叩き起こす。叩き起こされたガエンたちは、お仕着せの法被《はっぴ》に褌《ふんどし》一丁という勇ましい姿で火事場に駆けつける。文字どおりの勇み肌である。

町火消しの鳶《とび》の者たちは町人だが、ガエンは幕府の支配下にあり、年給は二貫四百。いわば下級公務員である。それを笠にきて傍若無人にふるまう。町の嫌われ者である。

昼間は火消し屋敷の大部屋で博奕三昧《ばくちざんまい》。夜ともなると盛り場にくり出して、酒を飲んでは喧嘩沙汰。そこらへんの破落戸と変わりがない。いや、それより質《たち》の悪い連中である。

火の見櫓を目ざして歩をすすめると、やがて前方に高塀をめぐらせた定火消し屋敷が見えた。周囲の小屋敷を圧倒するような大きな屋敷である。この屋敷のあるじは、稲葉備前守正弘。六千石の大身旗本である。

時刻は七ツ半（午後五時）ごろ。すでに陽は没して、あたりは薄闇につつまれている。

幻十郎は、屋敷の向かい側の路地角に身をひそめて、様子をうかがった。

闇が深まるにつれ、門内から三々五々、法被姿のガエンが出てきた。これから悪所にくり出すのだろう。そわそわした足取りで薄闇のかなたに姿を消してゆく。

四半刻（三十分）ほどたったときである。ふいに幻十郎の目がするどく炯《ひか》った。

（浅吉だ……！）

門から出て来たのは、三十一、二歳のやや細身のガエンだった。右の頬に二寸ほどの傷痕がある。浅吉に間違いない。

浅吉は、火消し屋敷を出ると紅梅坂のほうに足を向けた。四、五間はなれて、幻十郎があとを跟《つ》ける。

紅梅坂の両側にはうっそうと樹木が生い茂り、昼なお薄暗いところから、俚俗《りぞく》に「幽霊坂」とも呼ばれていた。この坂を下ると昌平橋の北詰めに出る。

坂にさしかかったところで、幻十郎は急に足を速めた。足音に気づいて、浅吉が不審げにふり返った。

「あ、あっしに何か用ですかい？」

異相の浪人に恐れをなしたか、浅吉が後ずさりしながら訊いた。

「お勢って女を知ってるな？」

幻十郎が切り込むと、浅吉の顔からさっと血の気がうせた。

「三河町一丁目の茶漬屋『ひさご』の女将だ。その女をたぶらかして……」

いいおわらぬうちに、浅吉がパッと身をひるがえした。それより迅《はや》く、幻十郎は地を蹴《け》って浅吉の前にまわり込んだ。

「し、知らねえ！　おれは何も知らねえ！」

浅吉は、叫びながら烈しく首をふった。

「いまさらシラをきっても無駄だ」

幻十郎はいきなり浅吉の腕をとって後ろ手にねじあげた。

「さあ、吐け」

「う、ううう……」

浅吉は必死に痛みに耐えている。

「お勢をそそのかして、役者くずれの歌次郎を『ひさご』にさそい込ませ、歌次郎が酔って寝込んだ隙《すき》に、お勢を絞め殺して店に火をかけた……そうだな？」

詰問しながら、さらに浅吉の腕をねじあげる。

「ヒイッ」浅吉が悲鳴をあげた。

「そうなんだな！」

「そ、そうだ……」

腕の痛みに耐えかねて、浅吉があえぐように答えた。

「貴様ひとりの企みじゃねえだろう。だれの差し金だ？」

「………」

急に浅吉が黙りこくった。

「言えッ」

さらに腕をねじあげる。

「か、勘弁してくれ！　……い、言う。いうから腕を離してくれ！」

「よし」

と、手をゆるめた瞬間、浅吉はするりと腕を引き抜いて、脱兎《だっと》の勢いで逃げ出した。

「待てッ」

幻十郎が追う。浅吉は坂道をころがるように一目散に逃げる。

幻十郎は追いながら内心ほぞを噛んだ。不覚だった。ほんの一瞬、気をゆるしたのが間違いだった。

浅吉の逃げ足は速い。見るまに距離が開いていった。

第三章　人身御供

1

紅梅坂を下りきったところで、幻十郎は思わず足をとめた。

浅吉の姿が見えない。すばやく四辺に視線をめぐらせた。あたりは森閑と静まりかえっている。物音ひとつ聞こえない。不気味な静寂――。

（逃げられたか……）

いまいましげに眉を寄せて踵《きびす》を返そうとした、その時、

「うわーッ」

突然、男の悲鳴が静寂を裂いた。

幻十郎は反射的に身をひるがえした。

昌平橋の手前に右に折れる道がある。その角に久世出雲守の屋敷があった。男の悲

鳴は屋敷の塀角のほうから聞こえてきた。

築地塀《ついじべい》にそって走り、角を曲がった瞬間、幻十郎は息を呑んで立ちすくんだ。

路上に血まみれの浅吉が倒れていた。見ひらいた目がカッと虚空をにらんでいる。

一目で虫の息とわかった。

幻十郎の目が闇《やみ》に吸いついた。闇の奥に悠然と立ち去る人影があった。

「待て」

声をかけると、人影は驚いた様子もなく、ゆったりと振りかえった。

「おぬしは……！」

その人影を見て、幻十郎は瞠目《どうもく》した。浜町河岸で出会った浪人・高山兵庫であった。

「おう、いつぞやの……」

兵庫が薄笑いを泛かべた。あのときと同じ、翳《かげ》りのある昏《くら》い笑みである。

「この男を斬《き》ったのは、おぬしか？」

「いかにも――」

兵庫は悪びれるふうもなく、あっさりと認めた。不敵なまでに沈着な態度である。

「なぜだ？　……なぜ斬った？」

「こいつは、いきなりおれにぶつかって来た。ぶつかっておきながら、詫《わ》びの一言もいわなかった。それゆえ斬り捨てた。れっきとした無礼討ちだ」

兵庫は平然とそういって、また薄笑いをきざんだ。

無礼討ちというのは、たいてい抜きうちの一刀である。仮にその一刀が急所を外れたとしても、とどめは刺さない。刺す必要がない。相手は自分より身分の低い者なのだ。無礼を咎《とが》めるだけで、充分武士の面目はたつのである。

ところが、浅吉の躰には二つの傷があった。一つは肩から胸にかけての袈裟《けさ》がけの傷であり、もう一つは頸《けい》部の刺創——明らかにこれがとどめの傷である。兵庫に殺意があったことは瞭然《りょうぜん》だ。

「貴公の知り合いか？　この男」

逆に、兵庫が問いかけてきた。

「いや……」

「ならば、貴公には関わりがあるまい」

「一つ訊《き》くが——」

「なんだ？」

「無腰の者を斬り殺して、心に咎めるものはないのか」

「ない……。おれの躰には人殺しの血が流れている」

「どういうことだ？」

その問いには答えず、兵庫はすたすたと歩き出した。幻十郎はすかさずあとを追って、肩を並べた。

「貴公……、『五人斬りの外記《げき》』という男を知っているか？」

歩きながら、兵庫が卒然《そつぜん》と訊いた。

「その話なら知っている。西ノ丸御書院番組・高山外記。殿中で五人の朋輩《ほうばい》を斬り殺して自刃したと聞いたが――」

「おれは、その男の息子だ」

「…………」

幻十郎は知っている。だが、黙っていた。

「愚かな父親だ。おかげで息子は見てのとおりの食いつめ浪人になり下がった……」

「恨んでいるのか？　父親を」

「父親だけではない。この世のすべてを恨んでいる」

そういって、兵庫は低く嗤《わら》った。どこか投げやりで虚無的な笑みである。

「おれの生きるよすがは〝恨み〟だ」

「恨みだけでは飯は食えまい」

「…………」

ふと兵庫が足をとめて、幻十郎の顔を射すくめた。目の奥に針のように剣呑《けんのん》な光がこもっている。

「貴公は、どうやって口すぎをしている?」

「傘貼《は》りだ」

「名を聞いておこう」

「神沼源次郎」

とっさに偽名を名乗った。

「貴公も、ただ者ではあるまい」

「なぜ、そう思う?」

兵庫が粘るような目で幻十郎の顔をねめまわした。

「その眉間の傷痕……。かなりの修羅場をくぐって来たようだな」

「この傷か……、むかしの話だ。酒席で刃傷沙汰《にんじょうざた》に巻き込まれて斬りつけられた」

「なるほど――」

兵庫はせせら笑うように小鼻をふくらませた。

「またどこぞで会うやもしれぬ。その折りには酒でも酌みかわしながら、ゆっくり語り合おう」

そういうと、くるっと踵を返して足早に立ち去った。

その背に険しい目をやりながら、

(あの男と酒を酌みかわすことはあるまい……)

腹の底でつぶやいた。

──次に会う時は、刀を交えるときだ。

そんな予感がした。

老中首座・水野出羽守忠成《ただあきら》は、駿州沼津三万石の藩主である。上屋敷は外桜田（現在の霞《かすみ》が関《せき》付近）にあった。

外桜田は、諸大名の上屋敷がたちならぶ内曲輪《うちぐるわ》である。町家は一軒もないが、往来には大名家に出入りする御用商人やお店《たな》者たちの姿がひきもきらなかった。

沼津藩上屋敷の向かい側の小路に、筵《むしろ》をしいて煙管《きせる》の修理をしている職人ふうの男がいた。

羅宇《らう》屋──煙管の雁首《がんくび》と吸い口をつなぐ竹管の取り替え屋──に扮した歌次郎である。「百化けの歌次」の異名をとるだけに、その変装ぶりはさすがに板についている。

歌次郎は、黙々と手仕事をつづけながら、さりげなく上屋敷の門前の様子をうかがっていた。

（たいした羽振りだぜ）

田沼意次の再来と評された水野忠成が老中首座についてから、諸大名や旗本役人のあいだでふたたび猟官運動が活発になっていた。

今日も袱紗《ふくさ》包みをかかえた侍がひっきりなしに藩邸の門を出入りしている。まさに門前市をなす賑《にぎ》わいである。

ややあって――門内から、痩身《そうしん》の壮年の武士が供侍をふたり従えて、傲然《ごうぜん》と姿をあらわした。

水野忠成の側近中の側近、江戸家老の土方縫殿介《ひじかたぬいのすけ》である。

半月間の張り込みで、歌次郎はその男の顔と名前を頭に焼きつけていた。

土方が外出するのは、今までにも何度かあったが、いずれも水野の乗り物に供奉《ぐぶ》しての他行であった。単身、供を従えての外出はこれが初めてである。

（何かある）

直感的に歌次郎はそう思った。手早く道具を片づけて、三人のあとを追う。

屋敷を出た土方の一行は、まっすぐ東に下って山下御門をぬけ、南に足をむけた。

その三、四間後方、歌次郎がつかず離れず跟《つ》けてゆく。

一行が向かったのは、寄合町だった。

河岸通りに面して、飴屋《あめや》や菓子屋、小料理屋、料亭などがたちならんでいる。武家地に隣接しているせいか、猥雑《わいざつ》な雰囲気はない。しっとりしたたたずまいの町並みである。

土方の一行は、数寄屋造りの小粋な料亭に入っていった。寄合町一といわれる高級

2

料亭『四季庵』である。

二階の座敷で、ふたりの男が土方の来着を待っていた。

ひとりは初老の武士、若年寄・田沼玄蕃頭意正《げんばのかみおきまさ》（田沼意次《おきつぐ》の四男）である。そして、もうひとりは、派手な鬱金《うこん》の羽織をまとった商人《あきんど》ふうの中年男――金座御金改役《おかねあらためやく》・後藤三右衛門光亨《みつのり》であった。

座敷には、すでに三人分の膳部《ぜんぶ》が用意されていた。春慶塗りの蝶足膳《ちょうあしぜん》に美酒佳肴《かこう》。贅《ぜい》のかぎりをつくした膳部である。

「わざわざお運びいただきまして、恐縮しごくに存じます」

座敷に入って来るなり、土方が田沼意正の前に手をついて叩頭《こうとう》した。顎《あご》が細く、眼光炯々《けいけい》とするどい、いかにも切れ者といった感じの男である。

「まま、お手をあげられい」

田沼が鷹揚《おうよう》にいう。

「ははっ」

「まずは一杯――」

すかさず三右衛門が酌をする。

「話は三右衛門から聞き申した」田沼がおもむろに口をひらいた。

「首尾は上々とか……？」

「はい。おかげさまで滞っておりました新貨もぼちぼち市中に出回るようになりました。これも一重に田沼さまのご尽力の賜物。殿からもくれぐれもよろしくとのことでございます」

土方は、剃刀《かみそり》のように鋭いその風貌《ふうぼう》とは裏腹に、卑屈なほど丁重な口ぶりでそういった。

「それは祝着《しゅうちゃく》に存ずる」

二人のやりとりが、貨幣の吹き増し（改鋳）の件であることは、この場に金座の後藤三右衛門が同席していることでも、容易に察しがつく。

しかし、その裏にどんな企みが隠されているのか。そして三者がどんな利害でむすびついているのか――余人にはうかがい知ることができなかった。

「三右衛門……」

土方がちらりと三右衛門に目をやった。

「田沼さまへの御礼は忘れておるまいな？」

「はい」

抜かりはございません、といわんばかりに三右衛門はしたたかな笑みを泛かべ、ずしりと重量感のある袱紗包みを田沼のまえに差し出した。中身は金子《きんす》である。包みの大きさから見て、百両は下るまい。

ふむ、とうなずいて、田沼は無造作に袱紗包みを手元に引きよせた。


歌次郎が『風月庵』にもどると、板間で幻十郎と市田孫兵衛が茶を飲んでいた。

「おう、ご苦労……どんな様子じゃ？」

歌次郎の顔を見るなり、孫兵衛がせき立てるように訊いた。

「出羽守さまの屋敷に動きがありました」

「そうか……で？」

と、孫兵衛が身をのり出す。

「江戸家老の土方縫殿介が、ひそかに寄合町の料亭をおとずれまして――」

土方たちが密談をおえて出ていったあと、歌次郎は『四季庵』の仲居に金をにぎらせて、田沼意正と後藤三右衛門の名を聞き出してきたのである。

収穫はそれだけだった。密談の内容は皆目わからない。

「ふーむ」

三人の名を聞いたとたん、孫兵衛の顔が険しく曇った。

「大した顔ぶれがそろったものじゃ」

「すると、今度の吹き増しは田沼意正の差し金で……？」

幻十郎が訊いた。

「いや、田沼にはそれほどの知恵も力もあるまい。仕掛けたのは水野の家老・土方縫殿介であろう」

「出羽守の家老が？」

「土方という男は、なかなかの切れ者でのう」

一説によると、水野忠成が権力の頂点にのぼりつめたのは、家老・土方縫殿介の才幹によるところが大であったという。

幕閣内でも土方の声望は高く、酒井雅楽頭《うたのかみ》（姫路藩主）の家老・河井準之介、丹羽《にわ》左京太夫（二本松藩主）の家老・丹羽粂之介《くめのすけ》とともに、「三介」と呼ばれるほどの傑物であった。

「出羽どのに吹き増しを献策したのは家老の土方に相違あるまい」

孫兵衛がつづける。

「それには二つの狙《ねら》いがあったはずじゃ。一つは、吹き増しによって幕府の財政を再建すること。もう一つは、金座の後藤三右衛門と結託して、互いに私腹をこやすこと
——」

貨幣の改鋳は、金座御金改役の後藤三右衛門にとっても、文字どおり「濡れ手で粟《あわ》」のうまい仕事であった。なぜなら、改鋳が行われるたびに巨額の分一金《ぶいちきん》（手数料）が入ってくるからである。

その額は、発行額のおよそ百分の二。百万両の吹き増しを行えば、黙っていても二万両の金が三右衛門の手にころがり込んでくる仕組みになっていた。

水野の在任中、貨幣の改鋳は八回も行われた。それによって幕府が得た金貨の出目（改鋳による利益）は百八十万両、銀貨の出目は三百三十万両にのぼったという。

当然のことだが、金座の後藤三右衛門の手にも、そのつど莫大な手数料が入ったはずである。そして、その金の一部が、裏金として水野出羽守に還流されたであろうことは、想像にかたくない。

「つまり、出羽守と後藤は、私利私欲のために貨幣の吹き増しをやっておるということじゃ」

孫兵衛が、憤然と吐き捨てた。ゆで蛸《だこ》のように顔を真っ赤に紅潮させている。

政治家が金融システムを悪用して私腹をこやすという図式は、いまも昔も変わらない。さしずめ現代なら、巨額の予算をバラまいて業者からピンハネするという手法か。

「しかし……」と幻十郎が首をひねる。

「しかし、何じゃ？」

「その二人に若年寄の田沼意正がからんでいるとなると、話が少々ややこしくなりますな」

「うむ。わしもそれを考えておったのだが、田沼がどんな役割を果たしているのか、いたのか……そのへんのところがさっぱり見えてこぬ」

若年寄の田沼は、幕府の財政にたずさわる役職にはない。まして、貨幣の改鋳という国家的規模の金融政策に参画できる立場にもなかった。

その田沼が、水野出羽守の側近・土方縫殿介や、金座の後藤三右衛門と密談していたのはなぜか。密談の目的は那辺《なへん》にあるのか。

すべてが闇の中である。

「すまんが幻十郎、もう一歩ふみ込んで調べてもらえんだろうか?」

孫兵衛が、遠慮がちにいった。以前とはうって変わって、言葉づかいも挙措《きょそ》もひどく低姿勢である。

「もちろん、探索はつづけます。しかし孫兵衛どの、仕事を急《せ》かさんでください。何しろ相手は大物ですから。そう簡単に尻尾《しっぽ》は出さんでしょう」

「わかっておる。ところで幻十郎――」

孫兵衛が、急に愛想笑いを泛かべ、

「金はあるのか?　足りなければすぐにでも届けるが……」

猫なで声で訊いた。

「金はまだあります」

幻十郎が応えると、

「そうか……、また二、三日したら、様子を見にくる」と腰をあげ、「送らんでもよい」

と歌次郎を手で制して、孫兵衛は出ていった。

「歌次――」

孫兵衛が立ち去ると、幻十郎は、ふと向きなおって歌次郎の顔を見た。

「おめえを罠《わな》にはめた奴の正体がわかったぜ」

「え！　……だ、だれですかい？」

「定火消しのガエン、浅吉って野郎だ」

「ガエン……！」

歌次郎が、意外そうに訊きかえした。

「だが、そいつは殺された。高山兵庫という浪人者にな」

「殺された？」

「口を封じられたのさ」

「す、すると、浅吉に付け火をそそのかしたのは、その浪人者ですかい？」

「いや」と幻十郎は首をふった。

「付け火の黒幕はべつにいるはずだ」

確かな根拠はない。幻十郎の勘である。

「黒幕か……。旦那、こいつは思いのほか根っこが深そうですね」

「その件は鬼八に調べさせよう。おめえには、ほかに頼みがある」

「何でしょうか」

「金座の後藤三右衛門の動きを探ってもらいてえんだ」

「金座の後藤を？」

「田沼と後藤の間には、何かべつの企みがあるような気がしてならねえんだ。三右衛門の屋敷に張り込んで、そのへんのところを探ってみてくれ」

「承知いたしました」

3

金改所（金座）は、日本橋川に架かる一石橋の北側、本両替町にある。

一石橋の名の由来は、南に「後藤」という呉服屋があり、北には金座の「後藤」があったので、「五斗」と「五斗」で一石橋とよばれるようになった、というのが通説である。

御金改役・後藤三右衛門の役宅は、間口四十六間（約八十四メートル）、奥行き七十二間（約百三十一メートル）、総面積三千三百坪の広大な屋敷である。

道をへだてた向かい側に、『嶋屋』という旅籠《はたご》があった。佐渡の金山から金改所に金塊を運んでくる人足たちが、江戸の定宿にしている小さな旅籠である。

歌次郎は行商人に身をやつして、『嶋屋』の二階の部屋にしばらく逗留《とうりゅう》することにした。

さっそく、窓の障子をほそめに開けて表の様子をうかがう。

金改所の門構えは、大名屋敷を思わせる重厚な長屋門、敷地は黒板塀でかこまれている。

邸内には、役宅のほかに鋳造貨幣の鑑定や計量を行う金局、金山から運ばれてくる金を小判に鋳造する吹所があり、貨幣の鋳造から鑑定、封包、出納事務などの作業が一貫してここで行われていた。

金改役の後藤家は、初代・後藤庄三郎光次が徳川家康の経済官僚として幕府創設につくした功績により、世襲的支配をゆるされてきた金貨の発行元（現代の日銀総裁、兼大蔵大臣といったところか）である。

後藤家は武士の身分ではないが、苗字帯刀、乗馬、乗り物をゆるされ、その財力とともに特権的豪商として、朝廷や大奥とならんで「三禁物」といわれるほどの絶大な権勢をほこっていた。

歌次郎が『嶋屋』に投宿して二日目の夕刻――。

金改所に意外な来訪者があった。

二階の窓から様子をうかがっていた歌次郎は、思わず息を呑んだ。

来訪者は、火盗《かとう》改役与力・平岡左兵衛であった。歌次郎を「付け火」の科《かど》で捕縛し、過酷な拷問にかけた上、無実の罪で処刑場に送ろうとした男が、実はこの平岡である。

（なぜ火盗が……？）

歌次郎の頭に疑問がよぎった。

金座で働く事務系の職員は勘定奉行の支配下にあり、作業場の職人たちは町奉行の支配下にある。

御先手組加役の火付盗賊改役と金座の間には、役職上のつながりはまったくなかった。

歌次郎ならずとも、火盗与力・平岡の来訪は奇異に映るだろう。

（こいつは妙な雲行きになってきたぜ）

歌次郎の疑惑の視線を背中にうけながら、平岡は門内に姿を消していった。

玄関に入ると、奥から手代が出てきて、丁重に平岡を役宅内に招じいれた。

通されたのは奥の書院である。

「ようこそ、おいでくださいました」

三右衛門が慇懃《いんぎん》に出迎えた。

金座御金改役と火盗改役与力とでは、その権勢において雲泥の差がある。本来、平岡ごとき軽輩は歯牙《しが》にもかけぬ相手なのだが、三右衛門は決してぞんざいにはあつかわなかった。それがこの男の老獪《ろうかい》さであり、したたかさである。

「で、御用のおもむきと申しますのは？」

三右衛門が訊いた。

「いや、大した用事ではない。あの娘のことでちょっと……」

「菊江が何か粗相でも？」

「その逆だ。御前がことのほかお気に召したようでな。毎夜のごとく眼福しておられるそうだ」

「さようでございますか。それはようございました」

三右衛門が、安堵《あんど》するように笑みを泛かべた。

御前とは、小川町 定火消《じょうびけし》御役・稲葉備前守のことである。

菊江は、半年ほど前に口入れ屋の紹介で後藤家に住み込み奉公に入った。もともと武家の出だけに、つつましやかで折り目正しく、陰日向なくよく働く娘であった。その上、後藤家に十数人いる下働きの女のなかでも、群をぬく美貌の持ちぬしだった。

役宅で働く男たちはもちろんのこと、金座に出入りする勘定方の侍たちでさえ、近頃まれに見る美形だ、一度抱いてみたいなどと口をそろえてささやき合うほどであった。

そんな菊江に悲運がおとずれたのは、十日ほど前のことである。

突然、菊江の兄と名乗る浪人者（高山兵庫）が後藤家をたずねてきて、菊江を屋敷奉公に出したいと三右衛門に申し入れてきたのである。

「屋敷奉公？　……と申されると――」

兵庫の真意を測りかねて、三右衛門がけげんに問い返すと、

「率直に申しあげる。どこぞの権門勢家の主人に菊江を側妾《そばめ》として差しだし、その代わりに手前の仕官が叶うよう、三右衛門どののご尽力をいただきたい」

つまり、自分の仕官のために妹を売りたいというのである。

さすがの三右衛門も、これには唖然となった。

「妹御は、その話を承知なのでしょうか」

「承知も不承知もござらぬ。兄が決めたことに妹は黙って従うまでのこと……」

後藤家の権勢をもってすれば、菊江を大身旗本の奥向きに入れるぐらいは造作もなかろう、と兵庫は冷然といいはなった。

「わかりました。一応話はうけたまわっておきましょう」

三右衛門は、内心苦々しい思いでそう応えて、兵庫を帰した。

翌日、三右衛門を訪ねてきた火盗改役与力の平岡にこの話をすると、

「それはよい話だ。小川町の御前なら二つ返事でとびつくぞ」

と、真顔で膝をのり出した。

小川町の御前――すなわち定火消御役・稲葉備前守と三右衛門は、「ある仕事」を通じて、すでに昵懇《じっこん》の仲であった。もちろん、平岡もその「仕事」に密接に関わっている。

「ここだけの話だが――」

平岡が急に声をひそめた。

「御前は、人も知る漁色家でな。とりわけ若い女には目がないのだ」

「ほう……」

三右衛門の顔にちらりと打算が走った。女を献上することで稲葉との関係がさらに緊密になれば、これに越したことはない。

「それは存じませんでした。さっそく菊江を説得いたしましょう」

その夜――三右衛門は、奥座敷に菊江をよんで、

「稲葉さまの奥向きにあがれば、兄上の仕官も叶うだろうし、お前も、いまよりずっ

と楽な暮らしができる。汗水ながして働かずとも、毎日きらびやかに着飾り、何不自由なく遊んで暮らせるのだ」

言を弄《ろう》して因果をふくめた。

――旗本の奥向きにあがる。

それが何を意味するのか、菊江にはうすうす察しがついていた。

「本当に兄がそう申したのでございますか？」

「うむ。これは兵庫どののほうから申し入れてきた話なのだ」

「………」

菊江の表情に驚きはなかった。驚愕《きょうがく》を超えて、深い哀しみが胸を突いた。兵庫は実の妹ばかりか、おのれの魂までも売り渡してしまったのだ。

――許せない。そんな兄が許せない。

「お断りいたします」

菊江はきっぱりと拒否した。

「菊江！」

「嫌でございます」

「この話を断れば、兄上には一生仕官の道はあるまい……。そればかりか、わたしの顔にも泥を塗ることになるんだぞ」

「旦那さまにご迷惑をおかけするなら、本日この場でおいとまさせていただきます」

いうなり、菊江はパッと立ち上がって部屋をとび出していった。

「菊江ッ！　……おい、誰かおらんか！」

三右衛門が大声で人をよんだ。

4

夜の町を、菊江は無我夢中で走った。

走りながら泣いていた。

涙がとめどなく流れおちる。その涙を夜風が霧のように吹きちらしていった。

どこをどう走ったのか、まったく憶えていなかった。気がついたら浜町河岸の難波橋のちかくに来ていた。

（ここは……？）

不安になって、足をとめたそのとき、背後に足音がひびいた。

ふり向くと、二つの影が闇をついて猛然と走って来た。ひとりが「待ちやがれ」と胴間声《どうまごえ》を発した。三右衛門が手配した追手の破落戸《ごろつき》たちである。

菊江は、とっさに身をひるがえした。二人の破落戸が犬のように息を荒らげて追ってくる。見るまに追いついた。ひとりが菊江の背中に飛びつく。

「離してください！　お願いです！」

二人の破落戸は、必死に抵抗する菊江を軽々と肩に担ぎあげて、一目散に闇のかなたに走り去った——実はそのとき、難波橋のちかくで一部始終を目撃していた人物がいたのである。それも二人。

ひとりは幻十郎である。そしてもう一人は、助けに入ろうとした幻十郎を、

「手出しは無用」

と引きとめた浪人者、菊江の兄・高山兵庫であった。

「奉公先から逃げ出して来たのだろう。困ったものだ……」

他人事のようにいって、兵庫は平然と立ち去った。ふり返ると、破落戸たちと菊江の姿は闇に消えていた。

その後、菊江がどうなったか、幻十郎は知るすべもなかったが……。

三右衛門の屋敷に連れもどされた菊江は、両手両足をしばられ、猿ぐつわを噛《か》まされて裏庭の土蔵にほうり込まれ、火盗与力の平岡に力ずくで凌辱《りょうじょく》されたのである。

その夜以来、平岡は毎晩のように菊江の肉体《からだ》を責めつづけた。その責め方は、蛇のように執拗《しつよう》で残忍なものだった。

火盗改役の女体責めのひとつに「座禅ころがし」という性的拷問がある。女囚を全

裸にしてうしろ手にしばりあげ、両足をあぐらに組ませて座禅の形に座らせる。この形のまま上体を前に倒すと、額と両膝の三点で躰をささえるような形になり、尻を突き出したまま身動きができなくなる。そこをうしろから犯すのである。

淫虐《いんぎゃく》のかぎりをつくして、平岡は連夜のごとく菊江を責めつづけた。性的拷問というより、暴力的な性の調教である。

四夜目になって、菊江の様子に変化が生じた。「座禅ころがし」でうしろから責めたてているうちに、期せずして菊江の口からあえぎ声がもれたのである。

「おっ、よがり声をあげたな……」

平岡がにやりと笑みを泛かべた。

菊江の裸身が羞恥《しゅうち》で紅く火照《ほて》っている。自分の意思とは裏腹に、躰が勝手に反応してしまったことが、死ぬほど恥ずかしく、悔しかった。

「そうか、よくなったか……よし、もうひと息だ——」

平岡は、さらに腰を激しく律動させた。

「あ、ああ……」

菊江の喜悦の声がしだいに高まる。

「さあ、いえ！　御前の側妾《そばめ》になります。よろこんでお仕えいたしますといえ！」

平岡が、激しく突きながらわめく。菊江は憑《つ》かれたように首をふった。

「聞こえん。声に出していえ！」

「――よろこんで……、御前のお側に……おつかえします」

菊江が、あえぎあえぎいった。

「よし」

平岡は、腰の動きを止めて、

「それでよい」

と、菊江の秘所からするっと一物を引きぬいた。

翌日――小川町の定火消し屋敷の奥書院に、羽織袴《はかま》姿の三右衛門と菊江の姿があった。薄化粧をほどこし、あでやかに着飾った菊江の姿は、哀しいまでに美しい。まさに生き人形である。


平岡が、金座の後藤三右衛門を訪ねてきたのは、それから十日後のことである。

「で、菊江の兄の件はどうなりました？」

三右衛門が訊いた。兵庫の仕官の件である。

「当面は、定火消し屋敷に住まわせ、例の仕事を手伝わせるそうだ。いずれは正式に召しかかえられることになるだろう」

「さようでございますか……、あ、そうそう――」

三右衛門が思い出したように文箱を引きよせ、中から折り畳んだ書状をとり出した。

「田沼さまから、これをお預かりしてまいりました。次の仕事の段取りでございます」

平岡は、書状を受けとって素早く視線を走らせると、無造作にふところに押しこみ、

「さっそく磯貝に届けよう」

と、腰をあげた。

磯貝というのは、稲葉備前守の配下・定火消役組与力の磯貝新三郎のことである。


もうもうと立ち込める湯けむりの中に、男の裸身がにじんでいる。

酒樽《さかだる》のようにでっぷり肥った躰、顔もまるまると肥り、顎《あご》の肉が幾重にもたるんでいる。稲葉備前守正弘、五十二歳である。

湯気抜きの小窓から、一条の光が差し込んでいる。

晩春の午下がり――。

小川町定火消御役屋敷の湯殿である。

稲葉は小さな檜《ひのき》の腰かけに腰をおろして、苛立《いらだ》つように貧乏ゆすりをしている。

「失礼いたします」

湯殿の外で声がした。

「おう、待っていたぞ。入れ」

稲葉が破顔してふり向いた。鮮やかな緋《ひ》色の薄衣《うすぎぬ》をまとった若い女が、つつましやかに入って来た。菊江である。

「お背中を……」

小さな声でそういうと、菊江は稲葉の背後に立って、糠袋《ぬかぶくろ》で背中をこすりはじめた。立ちこめる湯気で、薄衣がべったりと躰に張りつき、裸身が透けて見える。下には何も着けていない。全裸である。

「背中はもうよい。前を洗ってくれ」

「はい……」

菊江は前にまわって、稲葉の胸を流しはじめた。能面のように、まったくの無表情である。稲葉は、細い目をしわのように細めて菊江の胸元を見ている。薄衣の上から形のよい乳房が透けて見える。手を動かすたびに乳房がゆれる。

「そこはもうよい。下じゃ」

稲葉がぼそりといった。命じられるまま、菊江は稲葉の下腹部に手をのばし、だらりと垂れ下がった肉根を指先でつまんでしごきはじめた。たちまち肉根がいきり立つ。

ふいに稲葉が立ちあがった。

「いつものようにやってくれ」

怒張した肉根が、菊江の眼前でぴくぴくと脈打っている。

「さ……」

稲葉が催促する。

菊江は、意を決するようにそれを口にふくんだ。稲葉が腰をふる。硬直した肉根が菊江の口の中を出入りする。

稲葉は、低くうめきながら、菊江の両肩に手をかけて、薄衣をはいだ。裸身がむき出しになる。

「もう、よい――」

といって、菊江の口から肉根を引きぬき、湯桶《ゆおけ》で湯舟の湯をくんで、ザバッと菊江の躰にかけた。濡れた肌がつややかに光る。きめの細かい、透き通るような白い肌である。

稲葉は、流し場にどかりとあぐらをかくと、やおら菊江の躰を引きよせ、うしろ向きに膝の上に座らせた。

背後から両手をまわして菊江の乳房をもみしだく。もみながら指先で乳首をつまむ。

菊江が狂おしげに身をよじる。稲葉の手が下腹にのびる。秘毛におおわれた恥丘をなでおろす。

あっ。

菊江が小さな声を発した。稲葉の指が秘所に入った。その部分はしとどに濡れている。

　両手を菊江の脇の下にさし込んで、躰をぐいと持ちあげる。菊江の尻が浮く。その下に屹立《きつりつ》した肉根がある。

　秘所に肉根の先端をおしあて、ゆっくり菊江の腰を下ろす。肉ひだをおし分けて、肉根が深々と菊江の中に入ってゆく。

　結合したまま腰を上下に動かす。菊江の口から、すすり泣くような喘《あえ》ぎ声がもれる。

「う、ううう……」

　やがて、稲葉が果てる。菊江も、烈しく全身を痙攣《けいれん》させて昇天する。

　こうして、昼は湯殿で、夜は寝間のしとねで、毎日のように情事がくり返されていた。

5

　屋敷内の大部屋では、役半纏《はんてん》に褌《ふんどし》一丁のガエンたちが、丁半博奕に興じていた。その中にすさんだ感じの浪人者が何人かまじっている。

　壺をふっているのは、ガエンの小頭・松蔵である。

「四六の丁ッ」

壺が開くたびにワッと喚声がわき起こる。三十畳の大部屋は、男たちの体臭と熱気と喧騒《けんそう》で、文字どおり鉄火場と化していた。

そんな喧騒をよそに、部屋の片すみで一人黙然と酒を飲んでいる浪人者がいた。菊江の兄・高山兵庫である。

兵庫は、一日二朱の日当でこの屋敷に寄食していた。まだ正式な役職にはついていない。この十日ばかり、何もせずに無為徒食の日々を送っていた。待遇に不満はなかったが、うんざりするほど退屈だった。

「いずれ時機をみて、組同心に取り立ててつかわそう」

稲葉はそういったが、役職などはどうでもよかった。まず、野良犬同然の浪人暮らしから脱け出すのが先決だった。武士としての名跡を立て、立身出世を図るのはそれからの話である。

「兵庫どの……」

組与力の磯貝新三郎が入ってきた。馬面、長い顎、目が刃物のように鋭い。

「火盗の平岡どのが見えた。奥へまいられい」

横柄な感じで、磯貝が長い顎をしゃくった。

のそりと立ちあがって磯貝のあとについてゆく。廊下を曲がりくねり、奥の座敷にたどりつく。

平岡左兵衛が茶を飲みながら待っていた。

「おう、兵庫どの——」

兵庫の顔を見上げて、笑みをきざんだ。

「屋敷の居心地はどうだ？」

「過分のもてなしを受けております」

「そうか……。御前もおぬしの働きに期待しておられるからな。そろそろ仕事にかかってもらわねばなるまい」

「仕事、と申されると……？」

「これだ」

平岡がふところから書状を出して披《ひら》いた。先刻、金座の後藤三右衛門から手渡された書状である。商家の屋号とあるじの名が何人か書きつらねてある。

「両替商？」

書面に目をやりながら、兵庫がけげんそうに訊いた。

「実をいうと——」

平岡が説明しようとすると、「いや」と磯貝がそれをさえぎり、

「詳しい話は後日にいたそう」

そっけなくいった。

「後日とは悠長な……」平岡が憮然《ぶぜん》と見かえした。「磯貝どの、これは若年寄・玄蕃《げんばの》頭《かみ》（田沼）さまからのお指図だぞ。それを伝えるために、わしはわざわざ……」

「話は手前がうけたまわった。仕事の中身については、あらためて手前のほうから説明する」

「では、なぜ兵庫どのをここへ呼んだのだ？」

平岡が咎《とが》めるような口調でいった。

「一応、その心づもりをしておいてもらいたいと思ったからだ。仕事の手筈《てはず》は決行前日に伝える」

と事務的にいって、磯貝は手早く書状を折り畳んでふところに収めた。兵庫をこの場に同席させたのは、単なる形式上の手続きにすぎなかったのである。

能吏ではあるが融通がきかない。形式だけを重んじる典型的な官僚。磯貝という男は、まさにそういう人物である。

「話はそれだけですか」

兵庫が不快げに訊いた。

「うむ」

「では、失礼」

一礼し、兵庫はそそくさと退出した。

それを見送って、

「おぬし、まだ信用しておらぬようだな。あの男を……」

平岡が苦々しくいった。

「妹を売るような男は信用できぬ」

「それは逆だ。実の妹を売るような男だからこそ、信用できる」

「ふふふ、火盗らしい理屈だな」

「おぬしは猜疑《さいぎ》心がつよすぎる……ひょっとして、わしのことも信用しておらんのではないのか？」

「貴公とはそりは合わぬが、信頼はしておる」

磯貝はそういって、薄く嗤笑《ししょう》した。

「では、教えてくれ。〝仕事〟はいつやるつもりだ？」

「下見に三日、準備に二日はかかる」

「五日後か――」

「それより平岡どの、例の男、まだ見つからんのか？」

磯貝が訊きかえした。例の男とは、歌次郎のことである。

「探すつもりがなければ、見つかるわけはあるまい」

「探すつもりがない？……そ、それはどういうことだ！」

磯貝が気色ばむ。

「あの男は引廻しの途中、仲間と謀って逃げ出したのだぞ。このまま野放しにしておいたのでは、火盗の面子《メンツ》が立つまい」

「あれは町奉行所の失態だ。火盗には何の落ち度もない……それに、このまま奴を泳がせておけば、わしらにとっても、却って好都合というものよ」

「好都合？」

「次に起きる火事も、あの男の仕業ということになる。それで世間も納得するだろう」

「なるほど……。さすがは火盗の与力どの。悪知恵が働く――」

磯貝が半分皮肉まじり、半分感心するようにふふふと低く嗤《わら》った。

晩春とはいえ、夜はやはり冷え込む。

幻十郎と歌次郎は、囲炉裏の火をかこんで酒を酌みかわしていた。

「たしかに妙な雲行きになって来たな」

幻十郎が猪口《ちょこ》を口にはこびながら、ぼそりとつぶやいた。

歌次郎の報告で、意外な事実が三つ判明した。ひとつは、火盗与力の平岡左兵衛と金座の後藤三右衛門とのつながり、もうひとつはその平岡と定火消しとの関わり。そして、三つめは、平岡が歌次郎に「付け火」の濡れ衣を着せた張本人であること……。

この三つの事実から、いったいどんな絵が浮かびあがってくるのか。

幻十郎は、それを考えていた。

「三河町の茶漬屋『ひさご』に火をかけたのは、ガエンの浅吉だ。これは間違いねえだろう」

「へえ……」

歌次郎が相づちをうつ。

「その罪をおめえにひっかぶせたのが火盗の平岡……だな?」

「へい。間違いありません。あいつには散々痛めつけられましたから、忘れろったって忘れやしませんよ、あの顔は」

歌次郎の顔にめらめらと怒りがたぎってくる。

「とすると、火盗と定火消しがツルんで赤馬(付け火)を飛ばしたってことになるな」

「そういうことになりますね」

「ねらいは何だ?」

「さあ……」と歌次郎が小首をひねりながら、

「どっちにしても、浅吉に付け火をそそのかした黒幕の正体がわからねえことには……」

いくら考えても、絵解きはできねえでしょう、と口の中でぼそぼそとつぶやいた。

その黒幕は定火消しの組与力か、あるいはその上の稲葉備前守か。

仮に、稲葉の差し金だとすると、若年寄・田沼意正の関与も疑わざるをえまい。なぜなら、定火消役は若年寄の支配下にあるからである。

もう一つ、解けぬ謎がある。

火盗与力の平岡と金座の後藤三右衛門との関係。この二人の間にどんな利害があり、どんな糸でむすばれているのか。

謎は、ますます深まる一方である。

第四章　夜鴉

1

あと一日で月が変わる。

陰暦の四月は、夏である。孟夏《もうか》、夏初月《なつはじめづき》ともいう。

吹きぬける風もさわやかだ。かすかだが、風に夏の薫りがある。

酉《とり》の上刻（午後六時）――。

幻十郎は『風月庵』を出た。四つ目屋の鬼八とひさしぶりに外で飲む約束をしていたからである。

一歩、外に出ると、残照というには明るすぎるほどの落陽《らくよう》が、西の空を黄金《こがね》色に染めていた。

町を行き交う娘たちの姿も、心なしか華やいでみえる。

「もォーえーぎーのォー、かァーやァ」

どこからともなく、間のびした物売りの声が聞こえてくる。気のはやい萌黄《もえぎ》の蚊帳《かや》売りの声である。

魚河岸通りをぬけて、日本橋の北詰めに出た。通りに人波がうねっている。

「日本橋の南詰めに、曙《あけぼの》より一日立ちつくしけるに、さすが諸国の人の集まり、山もさらに動くがごとく、京の祇園会《ぎおんえ》、大坂の天満祭りにかかわらず……」

井原西鶴が『日本永代蔵三』に記しているように、日本橋界隈《かいわい》は一年中祭りのような賑わいであった。

人波にもまれながら、室町通りを北へと足をむける。

室町二丁目の角を左に折れようとしたとき、幻十郎はふと足をとめて、前方に目をやった。

数軒先の商家から、ふたりの男がのれんを割って出てきた。ひとりは南町定町回り同心・田所誠之助である。もうひとりは、田所がかかえている岡っ引の辰吉であった。

ふたりは、何やら深刻な顔でひと言ふた言、言葉をかわし、足早に人混みに消えていった。様子から察して、聞き込みに歩いているようだった。

（何か事件でも起きたか……）

幻十郎は、けげんな目で見送った。

田所誠之助――幻十郎が南町の同心をつとめていたころの先輩である。幻十郎より五つ年長の三十三歳。豪放磊落《らいらく》な男で、下の者の面倒見もよく、後輩たちから兄のように慕われていた。

田所の深刻そうな表情をみると、かなり厄介な事件をかかえ込んでいるようである。

居酒屋『権九郎《ごんくろう》』は、駿河町の路地奥にあった。

縄のれんを分けて店に入る。めずらしく店は空いていた。奥の席に鬼八がいる。

「待ったか？」

「いえ、あっしも、たったいま着いたところで――」

「まずは酒だ」

亭主に冷や酒を注文し、幻十郎は壁の品書きに目をやった。この店は肴《さかな》がうまい。日本橋の魚河岸が近いせいもあるが、亭主の喜平が江戸一番といわれる料理茶屋『八百膳』で長年、板前修業をしていたからである。

鬼八は、運ばれて来た酒を猪口についで、キュッとあおると、

「ガエンの浅吉、殺されたそうですね」

いきなり切り出した。

「早耳だな。どこで聞いた？」

「町火消しの鳶《とび》の者が、そば屋でそんな話をしてやしたよ。酔っぱらって喧嘩沙汰《けんかざた》のあげく殺されたんじゃねえかと、……けど」

と言葉を切って、鬼八は猪口に酒をつぎながら、上目づかいに幻十郎を見た。

「違いやすね？」

「浅吉は口を封じられたんだ」

「だろうと思いやしたよ」

「直接手を下したのは高山兵庫という浪人者だが、そいつも誰かに傭《やと》われたにちがいねえ」

「黒幕は、定火消し？」

「おそらくな……それに火盗《かとう》も一枚噛んでる」

「火盗も……！」

「歌次郎に付け火の濡れ衣を着せたのは、平岡って火盗与力だ。そいつと定火消しは裏でつながっている」

「へえ、それでか……」

鬼八がきらりと目を烔《ひか》らせた。

「それで？　……何か思いあたるふしでもあるのか」

「へえ。町方が妙な動きをしてるんで、ちょいと調べてみたんですが――」

鬼八の話によると、南町奉行所の回り方が極秘裡に『夜鴉《よがらす》』と称する盗賊一味の探索に動いているという。

幻十郎が眉宇《びう》をよせた。

「夜鴉？　……聞かねえ名だな」

それもそのはずである。『夜鴉』とは、南町奉行所内の秘密の呼称、つまり「符《ふ》牒《ちょう》」である。盗賊一味がみずからそう名乗っているわけではない。

その『夜鴉』一味が、放火事件のどさくさにまぎれて、数軒の両替商に押し込み、家人や奉公人を惨殺した上、巨額の金を強奪したという。

「襲われた両替屋は十数軒、盗られた金は四、五万両にのぼるそうで――」

「四、五万両！」

幻十郎は思わず瞠目した。

「いや、それ以上かも……なにせ、南町がひた隠しに隠してるんで、くわしいことはさっぱりわからねえんで」

「しかし、それほどの大事件を南町はなぜ隠してるんだ？　隠さなきゃならねえわけでもあるのか」

「あっしもそれを考えていたんですがね。旦那の一言でピンと来やしたよ」

連続放火事件に火盗が一枚嚙んでいるとすれば、当然、『夜鴉』一味とも通じているはずである。

「おそらく南町もうすうすそのことに勘づいていたんでしょう。で、火盗に悟《さと》られまいとして……」

秘密裡に動いていたのである。表立って動けば、火盗に察知されて、探索を妨害されるおそれもあるし、探索情報が一味に筒抜けになるおそれもある。

「それでなくとも、町方と火盗は日頃から犬猿の仲ですからね」

「なるほど……」

一瞬、幻十郎の脳裡に、室町の両替屋から出てくる田所誠之助の姿がよぎった。

——田所さんは、その件で動いていたのか……。

「それにしても、ひでえ話ですぜ」

鬼八が憤然と吐き捨てた。

「公儀の定火消しと火盗がツルんで町に火をかけ、火事のどさくさにまぎれて両替屋を襲うなんて——」

「手口がちょいと荒っぽすぎる」

「ちょいとどころか、めちゃくちゃですよ。ご定法もへったくれもありゃしねえ」

鬼八は腹立たしげに酒をついで、かっと喉に流しこんだ。

「どうも解《げ》せねえな」

猪口をもつ手をとめて、幻十郎がふと宙に目を据えた。

「何がですか?」

「定火消しと火盗は、公儀先手組の旗本だ。金目当てで押し込みの片棒をかつぐとは思えねえが――」

「けど、四、五万両の金ですからねえ」

「事が発覚すりゃ、間違いなくこれだぜ」

と、幻十郎が手で首を打つ真似をした。

「その上、家は断絶。一族郎党その日から路頭に迷うことになる。四、五万両はたしかに大金だが、喪《うしな》うものも大きい。それにやつらは直参旗本だ。目先の金に困っているわけじゃねえ」

「へえ……」

「鬼八、こいつはおれの勘だがな」

「へい」

「一味のねらいは金だけじゃねえぜ」

「というと……?」

「ほかにもっとでっかい企みがあるにちがいねえ」

「でっかい企み？」

「火盗与力の平岡は、金座の後藤三右衛門ともつながってるんだ。この二人の関わりが謎を解く鍵になる」

歌次郎の調べで、火盗与力の平岡左兵衛と後藤三右衛門、そして定火消役の関係はすでに明らかである。しかし、この三者がどんな利害で、どうつながっているのかは、皆目わからぬ。

複雑にからみ合ったこの糸をいかに解きほぐしていくか。

解きほぐす糸口はどこにあるのか。

それを探るのが、このあとの仕事である。

2

百目蠟燭《ろうそく》を灯した燭台が三基、赤々と闇を照らしている。

小川町定火消役屋敷の大部屋である。

三人の浪人者が、何やら緊張の面持ちで、黙々と刀の手入れをしている。

三人からやや離れた部屋の片すみで、兵庫が刀の目釘《めくぎ》を抜き、刀身をうつろに見つめている。無反《むぞ》りの直刀である。

百目蠟燭の明かりをうけて妖《あや》しげに揺らぐ刃紋。生々とした沸《に》え、みだれ。かしゃ、と中心《なかご》を柄に差しこみ、目釘を打って鞘におさめる。

そこへ、磯貝がガエンの小頭・松蔵を従えてうっそりと入って来た。松蔵は、いつもの役半纏《はんてん》のかわりに木賊色《とくさいろ》の筒袖《つつそで》、股引《ももひ》きというういでたちである。

「支度はととのいましたか？」

磯貝が、細い目で一同を見わたした。浪人たちが無言でうなずく。

「今夜の差配は、兵庫どのに頼もう。委細はこれに――」

と、小さな紙を差し出した。兵庫は無言で受けとった。略図である。余白に小さな文字で屋号らしきものが書き込まれている。

「では、よろしく」

浪人たちがのっそり立ち上がった。

この夜は、朔《さく》の月――太陽と月の黄経が一致し、その直線上にある地球からは月が見えない。これを朔といい、次の朔までの間を一朔望月《さくぼうげつ》という。太陰太陽暦では、この朔望月をもとに暦を組みたてた。

定火消役屋敷を出た兵庫と松蔵、そして三人の浪人者は、二、三間の距離をおいて、互いに素知らぬふうをよそおいながら三々五々夜の町に足をむけた。

二更──亥の刻（午後十時ごろ）。日本橋伊勢町。

商家の大戸がおろされ、町は深い眠りの底にある。

往来には人影ひとつなく、蒼い星明かりが冴え冴えと路面にふりそそいでいる。

路地の暗がりに黒影が走った。黒布で頬かぶりをした松蔵である。つつっと家々の軒下を音もなく走り、やがてとある商家の裏木戸で足をとめた。

両替商『大黒屋』の裏手である。

高塀ぎわの闇だまりにかがみ込むと、松蔵はふところから数枚の紙をとり出してグシャグシャッと丸めた。燈油をたっぷりしみこませた紙である。

かちっと火打ち石の音。小さな火花が紙にとび散り、めらめらと炎がたった。

燃えた紙を塀ぎわに積み重ねられた空《から》の俵におく。たちまち火柱が噴きあがる。

寸刻後──『大黒屋』の奥で、けたたましい叫声があがった。あるじの清兵衛夫婦が火事に気づいてとび起きたのである。

障子に真っ赤な炎が映っている。

「か、火事だあーッ」

障子を突きやぶって猛炎が噴きこんできた。清兵衛夫婦がころがるように部屋をとび出す。あちこちで悲鳴や喚声がとびかう。奉公人たちが右往左往している。

炎の舌が板壁や襖《ふすま》をなめながら、すさまじい勢いで侵入してくる。黒煙が充満する。

清兵衛夫婦、番頭、手代、女中たちが我先にと土間に殺到する。

突然、くぐり戸を蹴やぶって、覆面の浪人が四人、怒濤《どとう》のごとくなだれ込んで来た。手に手に抜き身をひっさげている。

「わッ」

番頭が血しぶきをあげてのけぞった。浪人のひとりが真っ向唐竹割りに斬り捨てたのである。

「金蔵《かねぐら》の鍵を出せ！」

べつの浪人が叫んだ。兵庫の声である。

清兵衛が帳場の手文庫から鍵を取り出して手渡す。受けとるやいなや、兵庫が袈裟がけに斬り下げた。血潮を噴いて清兵衛の躰が床にころがる。

必死に逃げまどう女房や手代、女中たちを四人の浪人が容赦なく斬殺する。

阿鼻叫喚、血みどろの地獄絵。浪人たちの殺戮《さつりく》は、猖獗《しょうけつ》をきわめた。

「急げ」

兵庫が下知《げち》する。浪人たちは家の中に乱入し、廊下を走りぬけて庭にとび出した。兵庫がすばやく錠前をはずし、土蔵の分厚い扉をあける。その間に、ひとりが土蔵の裏手の高塀の板を蹴やぶる。

路地に車の音がひびく。頬かぶりのガエン数人が、がらがらと大八車をひいてくる。

浪人たちが土蔵の中から千両箱を次々に運び出す。ガエンどもがそれを受けとって大八車に積みこむ。土蔵から運び出すのも、大八車に積みこむのも二人がかりの仕事である。それほど千両箱は重い。

余談ながら――映画やテレビなどで、盗賊が千両箱を小脇にかかえ、屋根から屋根にとび移ってゆく場面をしばしば目にするが、あれは真っ赤な嘘《うそ》である。

千両箱は、檜《ひのき》または松で作られており、空き箱だけでも一貫目（三・七五キログラム）ある。

小判一枚の重さはおよそ四・七匁（約十七・六グラム）あり、その千倍は四貫七百匁（約十七・六キログラム）、箱の重さを加えると二十キロ以上の重量がある。並はずれた膂力《りょりょく》の持ちぬしでも、二十キロの千両箱を抱えて屋根をとび歩くのは、至難の業である。

閑話休題《それはさておき》――。

土蔵の中の六個の千両箱を根こそぎ大八車に積みこむと、ガエンどもはそれをひいて、一目散に闇のかなたに走り去った。

町火消しの鳶《とび》の一団が火事場に駆けつけたのは、それから四半刻（三十分）ほどたったころだった。すでに『大黒屋』は跡形もなく燃え落ち、巨大な炎の舌は四囲の商家を呑みこもうとしていた。

六個の千両箱を積んだ大八車は、『大黒屋』から目と鼻の先の中ノ橋の船着場にとまっていた。

頬かぶりのガエンどもが千両箱を伝馬船に積みこんでいる。

と、突然、ひとりが、

「誰かくるぜ！」

低く、叫んだ。

闇を突いて、人影が猛然と走ってくる。

「おめえたちは先に行け。野郎はおれが始末する」

叫ぶと同時にダッと地を蹴った。小頭の松蔵である。

「邪魔しやがるとぶっ殺すぞ！」

突っ走ってくる人影の前に立ちふさがり、松蔵がぎらりと匕首《あいくち》を抜きはなった。

「夜鴉だな？」

人影が、足をとめて目をこらした。黒の巻羽織、着流しに雪駄ばき。一目で八丁堀とわかる風体である。

南町の田所誠之助であった。

「町方か……死にやがれ！」

獰猛《どうもう》に吼《ほ》えて、松蔵が斬りこむ。田所が腰の十手を引きぬいた。

キーン！　するどい金属音が夜気をひき裂き、火花が散った。

松蔵が猛然と斬りかかる。田所が十手で弾きかえす。返してもすぐに切っ先が飛んでくる。十手の鉤《かぎ》で受けとめ、ぎりぎりと押し返す。松蔵が力まかせに外す。外すと同時に、匕首を逆手に持ちかえて下から薙《な》ぎあげる。田所が一歩うしろに跳んでかわす。一進一退の攻防。

その間に、千両箱を積みこんだ伝馬船がゆっくり桟橋を離れていく。

「待て！」

切っ先をかわして、船着場に走ろうとする田所の背に、

「死ねッ！」

諸手突きがとんで来た。一瞬迅《はや》く、田所がくるっと背を返し、十手で匕首を叩き落とした。

「あっ」

たたらを踏んだ松蔵の肩口に、ガッと十手が叩きおろされた。渾身《こんしん》の一撃である。

前のめりに倒れた松蔵の背に馬乗りになり、田所が早縄を引きほどいて縛りあげようとした。そのとき——。

ひゅっ。

首すじを何かがかすめていった。見ると、足元の地面に小柄《こづか》が突き刺さっている。

田所は反射的に立ちあがって身構えた。

黒影が四つ、つむじ風のように土煙を蹴たてて走ってくる。

覆面の浪人たちである。

田所は、十手を腰におさめて、刀の鯉口《こいぐち》を切った。

「ま、町方だ！　殺《や》っちまえ！」

松蔵が叫んだ。四人の浪人は、いっせいに抜刀して田所を半円にとり囲んだ。

3

「おれが殺る」

ひとりがズイと足を踏み出した。面を覆った黒布の間から、ぎらりと双眸《そうぼう》がのぞいている。昏《くら》い光のこもった眸《め》である。

高山兵庫であった。

田所は、じりじりと後退しながら、刀を正眼にかまえた。目は兵庫の剣尖に向いている。相手の出方をうかがっているのだ。兵庫はしかし、刀を構えない。だらりと剣尖を下にむけたまま、一歩一歩間合いをつめている。気息をとめ、互いに無言。一言も発せず睨《にら》みあう。

「たあッ」

田所が、いきなり刀を突き出した。無言の対峙《たいじ》にじれて、先に仕掛けたのである。この瞬間に勝負は決していた。だらりと下げた兵庫の刀が、電光の迅さで田所の刀をはじき飛ばしたのである。

田所は茫然《ぼうぜん》自失の態で佇立《ちょりつ》している。脇差を抜く気配も素振りも見せない。もっとも抜いたところで、太刀打ちはできないだろう。兵庫の切っ先がぴたりと首すじに押し当てられていた。

「こ、殺せ……」

田所が呻《うめ》くようにいった。

「ああ、望み通りにしてやる」

首すじに当てた刀をゆっくり振りあげた。そして、一気に振りおろす——かに見えた瞬間、刀は中空で止まった。

背後で、浪人のひとりが、「まずい、誰かくるぞ」と兵庫に声をかけたのである。刀を上段にふりかぶったまま、兵庫は思わずふり返った。人影がまっしぐらに駆けつけてくる。

ちっ。兵庫が舌打ちをした。一瞬の隙をついて、田所が地面の刀を拾いあげた。

「あ、貴様！」

とっさに浪人のひとりが斬りつけた。田所は横っ跳びにかわして、逆袈裟に刀を薙《な》いだ。浪人の着物の袖《そで》がはらりと裂けた。

「おのれ！」

ほかの二人が逆上して斬りかかるのと、人影がとび込んで来るのと、ほとんど同時だった。人影は、浪人のひとりを抜き打ちざまに斬り倒した。男の面体を見て、兵庫が愕然と息を呑んだ。

人影は、幻十郎であった。鬼八と別れて『風月庵』に帰る途中、この場面に出食わしたのである。

「き、貴様ッ」斬りかかろうとする二人の浪人に、「退《ひ》け」と低く下知して、兵庫は身をひるがえした。浪人のひとりが、「お、臆《おく》したか！」と喚いたものの、すでに一人が斬られて、残るのはふたり。急に心細くなったか、刀を引くや脱兎《だっと》の勢いで奔馳《ほんち》した。

浪人たちの姿が闇に消えるのを見とどけると、田所は刀を鞘におさめながら、

「ご助勢、かたじけない」

幻十郎に深々と頭を下げた。

「何者ですか？　あの浪人者」

「あ、いや……」

と田所は首をふって、気をとりなおすように、

「立ち話もなんでござる。お礼に一献さし上げたいのだが――」

酒にさそった。

一瞬、幻十郎は返事をためらった。酒は『権九郎』でたっぷり飲んできた。それほど酔ってはいないが、いささか眠い。できればこのまま『風月庵』に帰って床につきたかった。

「酒は、いま飲んで来たばかりで……」

「まま、そうおっしゃらず、口直しにぜひ一献……といっても、この時刻ではもう店もやっておりますまい。むさ苦しいところですが、拙宅までお運びいただけませんか」

田所の家は、八丁堀の同心組屋敷である。過去に何度か田所の家に招かれて、酒を馳走になったことがある。

幻十郎の胸に、急に感懐がこみあげて来た。望郷の念にも似た懐かしさである。

「ささ……」

誘われるまま、幻十郎は田所のあとに従った。

幻十郎が八丁堀を訪れるのは半年ぶりだった。

田所の組屋敷は八丁堀の亀島町にあった。以前、幻十郎が住んでいた組屋敷と、ほぼ同じような規模の小屋敷である。

家の周囲には青々とした満天星《どうだん》の生垣がめぐらされ、庭には手入れのいきとどいた前栽《せんざい》や樹木がほどよく配されている。

三十俵二人扶持の町方同心の、質素でつつましやかなたたずまいが、そこにはあった。

——懐かしい……。

現世無縁の身となった幻十郎には、別天地のように温もりのあるたたずまいである。

時刻は、亥の下刻（午後十一時）をとうに回っていた。

田所は、妻の佐和と十一になる娘・千代の三人暮らしである。家の明かりは消えている。妻と娘は、もう床についたのだろう。さ、お上がりください、と低い声でいって、田所は奥座敷に案内した。

行燈《あんどん》に灯をいれ、勝手から一升徳利と猪口、そして香の物の小鉢をもって来て、酒をつぐ。

「手前は南の定町回り・田所誠之助と申す。あらためて御礼申しあげる」

田所は頭を下げながら、猪口にたっぷり酒を満たして差し出した。

「ところで、貴殿のお名前をまだうかがっておりませんでしたが——」

「神沼源次郎と申します」

幻十郎は、変名を名乗った。名乗ってから一瞬、気づかれはしまいかと、不安がよぎった。本名の「神山源十郎」とさしてかわらぬ変名だったからである。

幻十郎は、一度田所に会っている。半年ほど前に両国の『彦六』という居酒屋で、偶然顔を合わせたのだが、そのときは、まったく気がつかなかった。おそらく、田所は幻十郎に会ったことさえ憶えていないだろう。

「神沼源次郎どの、か……。いや、これは奇遇だな」

田所が口の中でつぶやきながら、しげしげと幻十郎の顔を見た。

「奇遇？」

「むかし……、といっても一年ほど前のことですが、それがしの部下に神山源十郎という男がおりましてな。その名によく似ているので――」

「ほう」

幻十郎は、何食わぬ顔でうなずいた。

「南町でも一、二といわれた腕利きの同心だったが、つまらぬ事件に巻き込まれて刑死しました……惜しい男をなくしたものです」

痛惜に堪えぬといった顔で、田所はそういった。幻十郎は、複雑な思いで聞いている。

「そういえば……」

田所がふと顔をあげた。

「貴殿、どことなくその男に似ておりますな」

「あ、いや……」

内心、狼狽《ろうばい》しながら、

「気のせいでござろう。それより田所どの、先刻の浪人どもは？」

話題を切り換えた。とたんに田所の顔が険しく曇った。歳は三十三だが、ふとした表情に老練な同心の顔をちらりとのぞかせる。

「あやつらは……、夜鴉一味でござる」

「夜鴉？」

「神沼どの、これから話すことは、どうかご内聞に願いたい」

といって、田所は急に声をひそめた。

「昨年からの一連の火事は、夜鴉による付け火だったのでござる。しかも、火盗の与力が一枚嚙んでいる」

それは幻十郎も知っている。

「平岡左兵衛という与力でござる。平岡は世間の目をたぶらかすために、歌次郎という役者くずれの男に付け火の濡れ衣を着せて召し捕った……ご存じのことと思うが、歌次郎は引廻しの途中、何者かに拉致《らち》されて、あやうく処刑はまぬがれたのだが……、存外、平岡にとって、それは好都合だったかもしれぬ」

「好都合？」

「今夜の火事も、歌次郎の仕業ということで片づけられますからな。歌次郎が逃げ回っているかぎり、世間の疑いの目は変わりますまい」

「なるほど……」

「しかし」田所は言葉を切って、深々とため息をついた。

「この話はすべてそれがしの推量にすぎぬ。それを裏付ける証拠は何もない。仮にこの話が火盗の耳に聞こえたら、火盗はおろか、御支配の若年寄・田沼さまも激怒なされるだろう」

そうなれば幕議にかけられるほどの大騒ぎになり、南町奉行の責任が問われる。

「それを恐れて、お奉行はそれがしに手を引けと申される……。つまり、臭いものには蓋《ふた》をしろということでござる」

田所は、そういって苦々しく笑った。

4

（そうか……）

幻十郎は、はたとそのことに気づいた。

南町奉行所が極秘に夜鴉の探索に動いているというのは、間違いだった。動いているのは、田所ひとりなのである。

南町は火盗との無用な摩擦をさけるために、田所に手を引かせようとしている。

「だが……」

田所が、猪口の酒を一気にあおって語をつぐ。

「先刻の一件で、夜鴉の存在は明らかになった。お奉行が何と申されようと、それがしは探索をつづけるつもりでござる」

察するに、南町奉行所内での田所の立場は、まさに四面楚歌《そか》、孤立無援だろう。にもかかわらず『夜鴉』との闘いをつづけるという。

昔から、田所とは、そういう男であった。

「一つ、ご忠告を申しあげる」

幻十郎がいった。

「忠告?」

「先ほどの一件で、田所どのの面が夜鴉に割れました。くれぐれも身辺にはご用心を……」

「ご忠告はありがたくうけたまわっておく。しかし心配はご無用。夜盗ごときにむざむざ討たれるほど、それがしの腕はなまくらではござらぬ」

と、恬淡《てんたん》と笑って、

「あ、つい埒《らち》もない話を……ささ、遠慮なく飲んでくだされ」

酒をつぐ。幻十郎は手をふって、それをことわり、

「夜も更けてまいりました。手前はそろそろこのへんで――」

引き止める田所に丁重に礼をいって、腰をあげた。


昨夜は風がなかったせいか、両替商『大黒屋』から出た火は、伊勢町一帯を焼いただけで消しとめられた。

大火慣れした江戸市民にとって、昨夜の火災はさして驚くほどの火事ではなかった。

北町奉行所の小者たちが、『大黒屋』の焼け跡から、無残に焼けただれた清兵衛夫婦や奉公人たちの死体を戸板にのせて運び出している。

焼け跡の検証をしているのも、北町奉行所の与力同心たちであった。今日から月が

変わって、月番が北町に移ったのである。

後日、北町奉行所から幕府に火災の被害状況が報告されたが、その報告書には、『大黒屋』のあるじ夫婦や奉公人が惨殺され、六千両の金が奪われた事実は、いっさい記載されていなかった。

死体は単なる「焼死体」、強奪された金は「焼失」として報告されたのである。

これはしかし、北町奉行所が意図的に秘匿《ひとく》したわけではない。検分役の与力同心が、おざなりな検証をしたために、その事実を見逃していたのである。

もっとも、現代のように科学捜査や法医学が発達していなかったこの時代、黒焦げの死体を子細に検証したところで、他殺か焼死かの判別はつかなかっただろうが……。

過去の連続放火事件でも、南町奉行所はその事実を見逃してきた。

田所がそれに気づいたのは、被災状況を丹念に分析した結果であった。

火事が起きるたびに、かならず罹災者のなかに一、二軒の両替商の名があった。しかも、あるじ夫婦や住み込みの奉公人たちは、ひとり残らず焼け死んでいた。同じ罹災者でも、両替商以外の商家で、家人や奉公人が全員焼け死ぬという例はなかった。

田所は、この点に疑問を持ったのである。そして地道な聞き込みの結果、火事は「付け火」、両替商の焼死者は「押し込み」による殺人と断定した。が、それを裏付ける確証は何もなかった。賊の正体もわからない。

そこで、正体不明の賊に『夜鴉』なる符牒をつけ、極秘裡に探索をつづけていたのである。

その日の未《ひつじ》の下刻（午後三時）――。

寄合町の高級料亭『四季庵』の二階座敷に、三人の武士の姿があった。

若年寄・田沼意正《おきまさ》、小川町定火消御役・稲葉備前守、同組与力・磯貝新三郎の面々である。

「昨夜の首尾は、『大黒屋』一軒か……」

田沼が渋い顔でつぶやいた。

「ご不満は重々」と稲葉が気まずそうに目をふせる。

「いや、不満を申しておるのではない。なぜ、わしの指示通りにやれなかったのかと、それを訊いておるのじゃ」

田沼が詰問した。咎《とが》めるような口ぶりである。

「それが……、思わぬ邪魔がはいりまして――」

「邪魔？」

「南町の同心と得体の知れぬ浪人者でございます」

磯貝が、すかさず稲葉の言葉をつぐ。

「しかも、その浪人者は並はずれた手練《てだれ》でございまして、当方の手の者一名、討たれて落命いたしました」

「…………」

急に田沼が沈黙した。眉間に深い縦じわをきざんで、じっと宙を見据えている。

――もしや……。

思い当たるふしがある。昨年の暮れ、目付配下の黒鍬之者《くろくわのもの》二名が、得体の知れぬ浪人者に惨殺された。その後、田沼の支配下の勘定奉行・萩原摂津守や町名主の益田屋文右衛門、そして政商の惣兵衛とその情婦・お喜和が次々に怪死をとげた。

――あれも、楽翁の差し金に相違あるまい。

田沼は、そう確信している。

「その得体のしれぬ浪人者……」

「はあ？」

稲葉が膝をのり出す。

「楽翁が放った密偵やもしれぬ」

「楽翁？　と申されますと……松平越中守さまの――」

田沼が無言でうなずく。

「し、しかし、なぜ松平楽翁さまが……」

一拍おいて、

「――業よ。あの男の業じゃ」

田沼が吐き捨てるようにいった。

稲葉と磯貝には、何のことやらさっぱりわからぬ。訝《いぶか》るように顔を見交わした。

「楽翁は、父の代から田沼一族を目の仇にしておった……」

田沼意正の父・田沼主殿頭意次《とのものかみおきつぐ》は、かつて老中首座をつとめ、幕府の最高権力者として頂点をきわめた人物である。

その意次を石もて追うがごとく幕閣から追放し、江戸の屋敷はおろか、所領の相良五万七千石をも没収し、完膚《かんぷ》なきまでに叩きのめしたのが、当時、弱冠三十歳の楽翁（松平定信）であった。

権力の座を追われた意次は、再起の機会も与えられぬまま、天明八年（一七八八）、失意のうちにこの世を去った。

「息子のわしも、長いあいだ不遇の時を過ごしてきたが、一橋（十一代将軍家斉《いえなり》の実父・治済《はるさだ》）さまとご老中・水野出羽守さまのご温情によって、ようやくここまで上りつめることができた。田沼の家名も再興し、相良藩への復帰も宥《ゆる》された……ところが、それをこころよく思っていない者が一人だけおった」

田沼は、込みあげてくる怒りを嚙み砕くように、ぎりぎりと歯がみした。

「楽翁じゃ。楽翁は、それが気に入らんのじゃ」

「…………」

稲葉と磯貝は、どう応答してよいものかわからない。ただ黙って聞いている。

「隙あらば、わしの足元をすくおうと、築地の下屋敷から虎視眈々《こしたんたん》とその機をうかがっておる……楽翁は、むかしから密偵を使うのが好きな男だった――」

田沼が射すくめるように真っすぐ稲葉の顔を見た。

「その得体の知れぬ浪人、楽翁が放った密偵かもしれぬぞ」

「つまり、このたびの一件をその浪人者に探らせていると？」

「うむ。いずれにしても油断はならぬ……備前どの」

「はっ」

「謀りごとは密なるをもってよしと申す。用の済んだ者は、そろそろ片づけておいたほうがよいぞ」

「はあ？」

田沼の謎かけが理解できず、稲葉は惚《ほう》けたような顔でぽかんと見ている。

磯貝が即座にそれを察し、

「承知つかまつりました。さっそく手配りいたしましょう」

といって、狷介《けんかい》な笑みを泛かべた。

5

半刻（一時間）ほど庭で木刀の素振りをして、井戸端で汗を流していると、歌次郎が小走りにやって来て、

「築地の掛けとり爺さんが来やした」

といって、いたずらっぽく首をすくめた。市田孫兵衛のことである。

近頃、歌次郎はやたらに冗談や駄洒落《だじゃれ》をとばす。根がひょうきんな男なのだろう。

それにしても、「掛けとり爺さん」とはうまいことをいったものだ。

孫兵衛は、ほぼ五日おきに『風月庵』にやって来て、まだか、まだかと〝仕事〟の経過報告を催促する。掛けとりどころか、借金取りのしつこさである。

板間で、孫兵衛は茶を飲んでいた。

「おう、風呂を浴びておったのか？」

幻十郎の顔を見るなり、そういった。

「いや、庭で木刀の素振りを――」

「そうか。それはよい心がけじゃ……。ところで」

と湯飲みを膝元において、孫兵衛はゴホンと一つ咳《せき》ばらいをした。

「その後、どんな様子じゃ？」

案の定、仕事の催促である。

幻十郎は、苦笑を泛かべながら、孫兵衛の前に腰をおろし、これまでの探索の経緯と、昨夜の事件の一部始終を報告した。

「夜鴉？　……ふーん」

孫兵衛は気のない顔でうなずき、

「その夜盗と田沼とどういう関わりがあるというのじゃ？」

「それは、まだ……」

「幻十郎、わしが頼んだのは、老中水野出羽守と金座の後藤三右衛門、それに若年寄の田沼意正、この三人が何を企んでおるか、それを探れと申したのじゃ。夜盗ごときはどうでもよい！」

苛立つように語気を荒らげた。

「まあ、そうむきにならずに……」

「むきにはなっておらん！」

「物事には手順というものがあります。まず、夜鴉一味と火盗与力の関わりを探るのが先決かと――」

「火盗与力？」

「平岡左兵衛という男、ご存じですか」

「知らぬ。その男がどうした?」

「平岡は金座の後藤三右衛門や定火消しと通じています」

「ほう」

「そのへんのところを突っついていけば、田沼につながる糸が見えてくるのではないかと」

「なるほど……、定火消しといえば、若年寄の支配だからな」

「直接、定火消役の稲葉備前守とつながっているのか、それとも配下の組与力と通じているのか。まず、それを見きわめねばなりますまい」

「死神、さっそく探ってくれ。楽翁さまが首を長くして待っておられる。一日も、いや一刻も早くやってくれ」

気ぜわしげに立ち上がり、

「短慮なお方でのう、楽翁さまは……。わしもほとほと困っておるのじゃ」

半白の頭をぼりぼりかきながら、孫兵衛はそそくさと出ていった。

それを見送って、

「歌次郎」

幻十郎が、ふり向いた。

「はい」

「当たりはついてるな？」

「抜かりはございません」

と歌次郎が得意げに小鼻をふくらませ、

「上野池之端の町家に住まっております」

平岡左兵衛のことである。火付盗賊改役の与力や同心は、役屋敷内の長屋か、あるいは幕府から与えられた組屋敷に居住するのが規則とされていた。非常出動のさいに動員がかけやすいからである。

しかし、なかには例外もあった。火盗改役の信任の厚い者は、役屋敷内の長屋暮らしも気づまりだろうと、特段の配慮をもって町家住まいをゆるされていたのである。

これが公儀に発覚すれば、もちろん咎めを受けることになる。なぜなら、火盗改役にかぎらず、旗本番方（武官）は将軍家を護る軍隊であり、非常時の場合の軍役が課せられていたからである。

軍役とは、家来の数――すなわち兵力である。たとえば、五百石の旗本は軍役の人数が十一人、千石で二十一人、三千石で五十六人、五千石で百三人と、一定の枠が定められており、非常時にそなえて、定められた数の家来を常に屋敷内か、組屋敷に配備しておかなければならなかった。勝手に家来を町家に住まわせることは許されなかったのである。

とはいえ、泰平無事の世にあって、こうした軍役はすでに形骸《けいがい》化し、なかば公然と町家住まいをする者たちも少なくなかった。

平岡左兵衛もそのひとりである。

歌次郎の調べによると、平岡は上野池之端に仕舞屋《しもたや》を借りて女を囲い、夜な夜な足しげく通っているという。

「つまり、やつは妾《めかけ》を囲えるだけの金ヅルを持ってるってことで――」

「結構なご身分だぜ」

幻十郎は、鼻でせせら笑って、

「平岡は、おめえに付け火の濡れ衣をひっかぶせた張本人だ。手はじめに奴から絞りあげてみるか」

と、差料を腰に落として、のそりと立ちあがった。

第五章　謀殺

1

「ねえ、旦那……」

　女が鼻をならして、平岡左兵衛の躰にしなだれかかってきた。
　二十五、六の豊満な躰つきの女である。
　柳橋の船宿で酌婦をしていたこの女を、たまたま遊びにいっていた平岡が見そめて囲い者にしたのである。

　名は、お甲という。とり立てて美形ではないが、顔も躰も肉感的で、妙に男好きのする女であった。

　何より床上手である。といってもお甲の場合は、男を悦ばせるというより、自分が悦ぶために、閨房術《けいぼう》や性技を駆使するのである。

遊里の女が閨房で痴態を演じたり、あられもない嬌声《きょうせい》をあげたりするのは、客をその気にさせるための手練手管である。これを遊里の秘語で「ふりをつける」という。玄人女《くろうと》（遊女）が、いちいち気をやっていたのでは身がもたないし、うっかり気がいってしまったりすると、未熟者の不手際として仲間たちから軽蔑《けいべつ》される。

『気をやると　叱《しか》られますと　新造《しんぞ》いい』

新造（吉原の遊女）たちは、手練手管を使って気をやった「ふり」をするのだが、浅黄裏《あさぎうら》の田舎侍ならいざ知らず、遊びなれた江戸の男には通用しなかった。

お甲のように身も心もとろけんばかりに狂悶《きょうもん》し、本気で気をやってこそ、男は高揚するのである。それが真の意味での床上手であろう。

お甲を抱くたびに平岡はそう思う。

「ねえ……」

鼻をならしながら、お甲は平岡の手から飲みかけの盃をとり、

「そろそろ、お酒は切りあげて――」

と、袴《はかま》の紐《ひも》を解いて、股間に手をすべり込ませ、下帯のうえから一物をつかんだ。

「まだ二杯しか飲んでおらぬ。もう一杯飲ませてくれ」

「あたしをじらすつもり?」

上目づかいに婀娜《あだ》っぽく睨《にら》みながら、お甲は平岡の一物を指でしごいている。

「わかった、わかった」

平岡が、やおら立ちあがって袴を脱ぎ、隣室の襖《ふすま》を引きあけた。

二つ枕のなまめかしい夜具がしいてある。

平岡はもどかしげに小袖《こそで》を脱ぎ捨て、下帯ひとつになって夜具の上に仰臥《ぎょうが》した。

お甲も、はらりと着物を脱いで、緋襦袢《ひじゅばん》姿になり、

「ついでに、これもお取りになればいいのに――」

と、仰臥している平岡のかたわらに腰をおろし、手早く下帯を解きはじめた。上体はさほどでもないが、下腹部はおどろくほど毛深い。股間に黒光りする肉根がある。並以上に太く、長い一物である。

お甲は、それを指でつまんで、愛おしげに頬ずりしながら、

「あたしだけのもの……」

陶然とつぶやく。

「そうだ。お前だけのものだ」

「誰にも渡さない」

「ふふふ、可愛いことをいう」

「旦那、いやですよ。死んじまっちゃ……」

「いきなり何をいう。縁起でもないことを申すな」

「だって、旦那はお役所に内緒で悪いことをなさっているんでしょ？　もし、それが露顕したら――」

「案ずるな。おれには金座の後藤がついている。それに定火消し《じょうびけ》の稲葉備前守もな。いざとなれば若年寄の田沼さまも力を貸してくれる。いまのおれには怖いものはないのだ」

「ならいいんですけど……あら、もうこんなに――」

お甲の指の中で、怒張した肉根が隆々とそり返っている。

「は、はやくしてくれ」

「はい、はい」

お甲は、婉然《えんぜん》と笑みを泛かべ、緋襦袢の裾《すそ》をまくりあげた。下には何も着けてない。白い、むっちりした臀《しり》がむき出しになる。

半腰になって、仰臥している平岡の腰にまたがる。ゆっくり腰をおろす。垂直にそそり立った肉根が、露をふくんだ秘所にずぶりと突き刺さる。

平岡が両手をのばして、お甲の腰をつかみ、激しく律動させる。

「あ、ああ……！」

腰をぐるぐるとまわしながら、お甲が喜悦の声をあげる。悲鳴のような声である。

その時――、

かたっ。

玄関のほうでかすかな物音がした。もちろん二人の耳には聞こえない。

幻十郎は、下谷御成街道を北にむかって歩いていた。この道のつき当たりを左に折れて、湯島天神下の同朋町を右に曲がると、ほどなく不忍池《しのばずのいけ》に出る。

不忍《しのばず》とは、上野東叡山《とうえいざん》の忍《しのぶ》ケ岡（上野山）に対してつけられた名である。

六、七月ごろには、池面に紅白の蓮《はす》の花が咲きみだれ、暗緑色の池水とあいまって見事な景観をかもしだす。

池に浮かぶ小島には、天海大僧正が建てたといわれる弁財天があり、その周囲に田楽や菜飯、団子、あぶり酒などを売る茶店が軒をつらねており、昼間は江戸市民の憩いの場として賑《にぎ》わっていた。

不忍池の南端に、細長くつらなる家並みがあった。

池之端仲町である。

東叡山の門前地という土地柄か、このあたりは筆墨硯屋《ひつぼくすずりや》や提灯屋、小間物屋などが多い。

ゴーン、ゴーン……。

上野大仏下の時の鐘が鳴っている。五ツ（午後八時）の鐘である。

平岡左兵衛が借りている仕舞屋《しもたや》は、池之端仲町の南奥、小路を入った二軒目にあった。

以前は、どこぞの富商の妾宅《しょうたく》だったか、まわりを黒板塀でかこった小粋な仕舞屋である。

幻十郎は、裏手にまわって、木戸を押しあけ、勝手口にしのび寄った。

妻戸に手をかけてそっと引きあける。中には、ほのかな明かりがにじんでいる。奥の部屋から漏れてくる行燈の明かりであろう。

土足のまま上がりこむ。明かりは廊下の奥から漏れてくる。足音をしのばせて歩をすすめ、奥座敷の襖を細めにあけて、中の様子をうかがう。

誰もいない。

畳の上に男物の袴と、女の着物が乱雑に脱ぎ捨ててある。無人の部屋に行燈の明かりだけがゆらいでいる。

燈油の匂いにまじって、何やら妙な匂いがぷうんと臭ってくる。

（血の匂いだ……！）

幻十郎は、がらりと襖を引きあけて、部屋にとびこんだ。

瞬間、冷水を浴びせられたように慄然《りつぜん》と立ちすくんだ。

隣室の夜具の上に、全裸の男女が血まみれで倒れている。平岡左兵衛とお甲である。

二人ともすでに虫の息だった。

平岡の胸板には、肋骨《あばらぼね》がのぞくほどの深い傷があった。その傷から泉水のように血潮が噴き出している。

お甲は頸《くび》を斬《き》られていた。それも、なまじの斬られ方ではない。うなじから喉元《のど》にかけて一刀両断、頸骨《けいこつ》まで断ち切られ、皮一枚で首と胴がつながっている状態だ。切断面から、おびただしい血が流れ出ている。

幻十郎は、とっさに刀の柄に手をかけ、四辺の気配をうかがった。

死体の皮膚の色と、生々しい血の匂いから察すると、ふたりが殺されてまだ間がないようだ。

――下手人は、まだ家の中に……？

幻十郎は、油断なく身構えながら、行燈の灯《ひ》を吹き消した。一瞬に漆黒の闇が視界を閉ざした。

この状況で、明かりに身をさらすのは危険である。敵に不意打ちの機会を与えるばかりか、こっちの面体が割れるからだ。闇の中なら、条件は互角である。

片膝をついて闇の底に身を沈め、神気を研ぎすまして気配をうかがう。

見えぬ敵との息づまる神経戦である。

不気味なほど静かだ。

闇は、ちらとも動かない。

ややあって――幻十郎はゆっくり立ち上がった。人の気配はないとみて警戒を解いたのだ。それでも刀の柄に手をかけたまま、用心深く部屋を出た。

2

勝手口から裏庭に出た瞬間――。

幻十郎は、反射的に上体を沈めた。と同時に電光の迅《はや》さで何かが頭をかすめた。

すとっ。

背後の羽目板に矢が突き刺さった。

すぐさま横に跳び、抜きつけの一閃《いっせん》をはなった。飛来した二の矢が宙で両断され、矢羽根を散らしながら足元に落下した。

するどく夜気を裂いて、三の矢が飛んできた。

下から薙《な》ぎあげるように矢を切り落とすと、幻十郎はくるっと地面を一回転して、天水桶《てんすいおけ》の陰にとび込んだ。

すとっ、すとっ、すとっ。連続して三本の矢が天水桶に突き刺さった。

(敵はどこだ？)

幻十郎は気息をとめて闇に目をこらした。

矢が飛んできた方向とその角度からみて、射手は前方の塀ぎわの欅《けやき》の木の上にいるようだ。

ふたたび、三本の矢が飛来し、今度は天水桶をかすめて、幻十郎のすぐかたわらの地面に突き刺さった。

敵は、漆黒の闇の中で、ほぼ正確に幻十郎の動きと位置を捉えている。並の腕ではない。それも複数、三人はいるだろう。

幻十郎は、左手を腰の鞘《さや》にそえて、指先で鞘口から笄《こうがい》を引きぬいた。

笄は、髪掻とも書く。鬢髪《びんぱつ》をつくろうための薄平《うすひら》先き細《ぼそ》の金具である。上端を耳掻《か》きとして使うために、その部分はさらに細くなっている。武士はこの笄を刀の鞘口から栗形《くりかた》の下にさし込んで携帯し、時には小柄《こづか》の代わりに飛び道具として使うこともある。

幻十郎は、鞘から抜きとった笄を右手に持ちかえ、前方の欅の木目がけて投擲《とうてき》した。笄が射手に命中したのである。

うっ。かすかな呻《うめ》き声とともに、欅の木からどさっと落下する黒い影が見えた。

はたと矢の襲撃がとまり、一瞬の静寂があった。その隙《すき》をついて、幻十郎は裏木戸に向かって疾駆した。

びゅっ。背中に弓弦《ゆんづる》の音を聞いた。

裏木戸を引きあけた瞬間、肩をかすめて数本の矢が板塀に突き刺さった。

路地にとび出して一目散に走る。

矢は追って来ない。

おそらく敵は半弓を使っているのだろう。

半弓は歩射用の弓で、騎射に用いる弓より一尺五寸（約四十五センチ）ほど短い。軍弓ともいう。弓長《ゆんだけ》が短いぶん確度は高いが、射程距離は短くなる。

矢の代わりに、走り去る幻十郎の背をするどく射抜く男の視線があった。塀ぎわの闇だまりにうっそりと佇立《ちょりつ》して、するどい視線を向けているその男は、高山兵庫であった。


四半刻（三十分）後――。

両国広小路の人ごみの中に、幻十郎の姿があった。

大川から吹き渡ってくる風が、火照《ほて》った躰を心地よくねぶってゆく。

惨殺された平岡左兵衛とお甲の悽愴《せいそう》な姿が頭にちらついているせいか、全身の血がまだざわざわと騒いでいる。

このまま蠣殻《かきがら》町の『風月庵』には戻る気がしなかった。

——四つ目屋に立ち寄ってみるか……。

ふとそう思って、幻十郎は両国に足を向けたのである。

(そうか……!)

薬研堀《やげんぼり》にさしかかったとき、まったく唐突に、幻十郎はそのことに気づいた。

——あれは定火消役の配下だ。

先刻の弓矢の射手のことである。

定火消御役は、五千石以上の旗本で、御先手《おさきて》組の鉄砲組から七組、弓組から三組、計十組が幕府直轄の消防組織として府内の各所に配されている。

小川町定火消御役・稲葉備前守は、御先手組の弓組の長であり、その配下に弓の名手がいたとしてもふしぎはない。

(とすると、あの連中は稲葉の差し金で……?)

そう考えれば何もかも平仄《ひょうそく》が合う。

もはや疑う余地は毫《ごう》もなかった。平岡左兵衛の口を封じたのは定火消役である。

賑やかな堀沿いの道から、一歩路地に入った奥の暗がりに『四つ目屋』はあった。

腰高障子をあけて、土間に踏みこむ。

正面に二畳ほどの板敷きがあり、いくつもの小抽斗《ひきだし》がついた薬簞笥《だんす》がおいてある。強壮剤や媚薬《びやく》などを収納する薬簞笥である。

左右の板壁には、何段もの棚がしつらえてあって、見るからにいかがわしそうな性具がならべられている。そのほとんどは張形などの女悦具である。

「いらっしゃいまし」

衝立の陰から、鬼八がうっそりと姿をあらわした。

「あ、旦那！　……こいつは、また妙な縁で！」

幻十郎の顔を見るなり、鬼八は素《す》っ頓狂《とんきょう》な声をあげた。

「妙な縁？　どういうことだ？」

「いや、まあ……どうぞ、お上がりなすって」

意味ありげな笑みを泛かべて、幻十郎を奥の部屋に案内した。

一歩、部屋に足を踏みいれたとたん、

（あっ）

幻十郎は思わず息を呑んだ。

艶《あで》やかな鶯《うぐいす》色の小紋を着た女が、しどけなく膝を崩して、酒を飲んでいる。志乃であった。

「志乃！」

「旦那……！」志乃もびっくりしたように幻十郎を見あげた。「まさか、こんなところで逢うなんて――」

「なぜ、ここに？」

「まあ、とにかく座っておくんなさい」

と鬼八が幻十郎に座蒲団をすすめ、台所から茶碗をもって来て、酒を注いでさし出した。

「お志乃さんはね。あっしんところへ相談に来たんですよ」

「相談？」

「旦那の仕事を手伝わせてもらえねえかと……」

「鬼八さんならわかってもらえると思ったんです。あたしの本当の気持ちが……」

志乃が言葉をついだ。

「………」

幻十郎は、黙っていた。志乃の気持ちは痛いほどよくわかっている。

――あたしも旦那と一緒に修羅の道を歩きます。

先日、幻十郎に抱かれたとき、志乃は哀願するようにそういった。だが、幻十郎は返事をしなかった。無言裡に拒否したつもりだった。

「旦那」

鬼八が、真顔で幻十郎を見た。

「お志乃さんだって、腹をくってここへ来たんですから、もうあとへは引けねえんです」

志乃が幻十郎の茶碗に酒を注いだ。それをぐびりとあおって、

「あんたも知ってのとおり……」

志乃の顔をまっすぐ見すえた。

「この仕事は人殺しだ」

「…………」

「おれは楽翁から金をもらって人殺しを請け負っている」

しかし、幻十郎はそのことにいささかの疼痛《とうつう》も感じなかった。心に咎《とが》めるもののない。いや、咎める心すら、とうに棄て去ったのである。

「人の心を棄てなきゃ、この仕事はつとまらねえ」

「…………」

志乃は黙っている。

「あんたに人殺しができるか？」

幻十郎がずばっと切りこんだ。

一瞬の間があった。

「――できます」

志乃が小さな声で、しかし、きっぱりといいはなった。

「旦那が殺せといえば、相手が誰だろうと殺せます」

「その前に自分が殺されるかもしれねえんだぜ」

「覚悟はできています。自分の命を惜しむようじゃ、人の命は奪《と》れませんからね」

「わかった。そこまでいうなら、拒む理由は何もない」

「じゃ……？」

「仕事を手伝ってもらおう」

幻十郎がそういうと、鬼八がすかさずポンと手を打って、

「よし、これで決まりだ。改めて固めの盃を――」

三つの茶碗に酒をなみなみと注いだ。

志乃の顔にふっと微笑《えみ》が泛かんだ。何かがふっ切れたような屈託のない笑みである。

「ところで旦那、その後どうなりやしたか？」

気をとりなおすように鬼八が訊《き》いた。

「じつは、そのことを知らせようと思ってここに来たんだ」

「へ？」

「火盗与力の平岡、殺されたぜ」

「ええっ」

「つい四半刻前だ。情婦《おんな》もろともな」

「口封じですかい？」

「殺ったのは小川町の定火消しだ……。黒幕は稲葉備前守と看《み》たが、たしかな証《あかし》は何もねえ」

「旦那、さっそく志乃さんに手伝ってもらいやしょうか」

「何を？」

「探りです」

「しかし、どうやって？」

「いい手がありやす。神田雉子町《きじちょう》に定火消し屋敷の連中が出入りする小料理屋があるんです。その店にもぐりこみゃ何かつかめるかもしれやせん」

「小料理屋？」

志乃が訊きかえした。

「店の名は『きさらぎ』……。芸者あがりの気っぷのいい女将《おかみ》がやってる店だ。といっても色気を売り物にするような店じゃねえから心配はいらねえさ」

「心配はしてませんけどね。……それじゃ、まるであたしに色気がないみたいじゃありませんか」

志乃がいたずらっぽく鬼八を睨んだ。

「い、いや、べつにそういうわけじゃ……」

鬼八は、頭をかきながら、照れ笑いを泛かべた。

3

池面にバシャッと水音が立ち、二尺もあろうかという見事な錦鯉《にしきごい》が勢いよくはねあがった。

雲ひとつなく晴れわたった初夏の午下がり――。

伊勢桑名十一万石、松平越中守の下屋敷の一角、『浴恩園《よくおんえん》』の池である。

楽翁が池のほとりに立って、鯉に餌《えさ》を与えている。かたわらに市田孫兵衛が神妙な顔で控えている。

「罰あたりな話じゃ……」

苦々しげに楽翁がつぶやいた。今日もこの老人の機嫌はすこぶる悪い。

「飽食三昧《ざんまい》のあげく、食べ残した米や豆、芋《いも》などが鯉の餌になる。これほど罰あたりな話はあるまい……のう孫兵衛」

「御意にございます」

孫兵衛が、律儀に相づちをうつ。

楽翁が手にしている笊《ざる》のなかには、下屋敷詰めの家臣や女中たちが食べ残した食料、つまり残飯が山と盛ってある。これが鯉の餌になるのである。

楽翁（松平定信）が、白河藩主時代の天明年間は、未曾有《みぞう》の大飢饉《ききん》に見舞われた。なかでも天明二、三年の奥州、北国の大飢饉は被害が大きく、飢えと疫病のために十三万人（一説には二十万人）が死に、一村全滅という例も少なくなかった。

その後も天災地変が相次いで、米価をはじめ諸物価は高騰し、諸国で百姓一揆《いっき》や打ちこわしが続発、天明七年（一七八七）には、全国各地で困窮者がいっせいに蜂起《ほうき》するという危機的状況が発生した。

こうした社会的混乱と経済危機が、結果的に田沼意次《おきつぐ》の失脚の引き金となり、代わって青年宰相・松平定信が幕政の舵《かじ》とり役になったのだが、相次ぐ大飢饉で疲弊しきった経済と政治を建てなおすのは、並たいていのことではなかった。

さすがの定信も「神頼み」の心境だったのだろう。政権の座についた翌年の天明八年正月、定信は霊岸島吉祥院の歓喜天に詣《もう》で、

『松平越中守、一命をかけて心願いたします。今年は米穀が豊富に出まわり、格別の高値にならず、下々の者が難儀せず、世の中も平穏でありますように。また幕府の財

政がうるおい、将軍の威信と仁恵が下々までいき届きますように……』

と、必死の願いをこめた願文を奉納している。

あれから三十有余年――大きな天災地変もなく、毎年のように米の豊作がつづいている。

「出羽守は、運の強い男じゃ。何をせずとも世の中がうまく回っておる」

楽翁が皮肉をこめていった。老中首座・水野出羽守忠成《ただあきら》のことである。

一橋治済《はるさだ》（将軍実父）と、その傀儡《かいらい》である十一代将軍・家斉《いえなり》、そして水野出羽守による独裁政権が発足して七年になるが、その間、幕府は政策らしい政策は何も打ち出していなかった。

楽翁が指摘したとおり、まったくの無為無策、成り行きまかせの放漫政治である。それでも国の経済が順調に成長し、世の中が泰平無事におさまっているのは、定信が施行した強烈な緊縮政策の成果と、米の作柄が回復したことによるものだった。

租税の自然増収によって幕府の財政はうるおい、庶民の暮らしも年ごとに向上し、士民のあいだに享楽的風潮が浸透していった。

いま、江戸は爛熟《らんじゅく》と頽廃《たいはい》の時代を迎えている。元禄期をしのぐ文政バブルである。

「上から下まで浮かれすぎじゃ。士も民も飽食ざんまい、酒色におぼれ、遊芸にうつつをぬかし、天明の塗炭《とたん》の苦しみを顧みるものは一人もおらぬ」

愚痴とも説教ともつかぬ楽翁の繰り言を、孫兵衛は黙って聞いている。

楽翁のいう「浮かれすぎ」の代表格が、十一代将軍・家斉であり、老中・水野忠成であった。

周知のように将軍・家斉は、歴代将軍のなかでもまれにみる漁色家であった。側女《そばめ》を四十人も持ち、十六人の妾に五十五人の子供を生ませたという。

おそるべき絶倫男である。

家斉は、今年（文化七年）五十二歳、政務にはほとんどたずさわらず――というより、水野ら側近たちに体よく幕政から外されているのだが――もて余したエネルギーを大奥で発散していた。

楽翁（松平定信）が老中首座として権力の中枢に君臨していたころは、大奥勢力の専横を抑えるために、将軍家斉の房事の回数まで制限した。

もともと、楽翁自身が禁欲主義者だったので、家斉の放埒《ほうらつ》な性生活を看過できなかったのだろう。それが家斉の不興を買った一因でもあった。

大奥に足を運ぶたびに、家斉は小姓や茶坊主に、

「越中（定信）は帰ったか？」

と聞いたという。それほど定信の存在が煙たかったのである。

定信が失脚して、ホッと胸をなでおろしたのは、誰あろう、将軍家斉であった。

そして、定信に代わって幕政の表舞台に登場したのが、田沼意次の再来といわれた水野出羽守忠成であった。

「出羽は無能じゃ。上さまに諌言《かんげん》の一つもできぬ無定見な男じゃ」

これは楽翁の口ぐせである。

無定見はともかく、「無能な男」というのは間違いである。水野出羽守には一つだけ特筆すべき能力があった。

それは家斉の持病である偏頭痛を、水野だけが治せるという奇妙な能力であった。ある種のまじないか、祈禱《きとう》のようなものであったらしいが、いずれにせよ、水野がそばにいれば、家斉の偏頭痛は起きなかったというのだから、これも立派な能力に違いない。

将軍家斉は、そんな水野を異常なまでに寵愛《ちょうあい》し、水野もまた家斉にひたすら阿諛《あゆ》迎合し、政務そっちのけで、ご機嫌うかがいに終始するという忠義ぶりであった。

こうして、家斉と水野による二人三脚の放漫政治と享楽主義は、やがて幕府の財政を圧迫することになる。

しかも、皮肉なことに米の豊作は、米価の大幅な下落につながり、諸物価を高騰させてインフレを引きおこした。

米価が下落していちばん困るのは、禄米で暮らしを立てている武士階級であり、その大もとの幕府である。

水野は、米価引き上げのために巨額の資金を投入して米を買い上げたが、これも焼け石に水だった。そこで打ち出した畢生《ひっせい》の策が、前述した貨幣の吹き増し（改鋳）である。

「それとて、出羽の発案ではあるまい。おそらく家老の土方《ひじかた》の献策であろう」

楽翁が冷やかにいった。

図星である。貨幣の吹き増しが、家老の土方縫殿介《ぬいのすけ》の策謀であることは、幻十郎の報告で孫兵衛も知っていた。

「ところで、孫兵衛」

「ははっ」

「幻十郎から、まだ報告はないのか？」

「それが……その――」

孫兵衛は、口ごもった。

「ないのだな？」

「いえ、ございました。ございましたが……、殿にご満足いただけるような中身ではございませぬ」

「それでもこい。いうてみよ」

「じつは……。昨年来相次いでおります市中の火事について探索しておるとの由――」

「火事！」

楽翁がきっと振りむいた。

「あ、いえ……、この一連の火事には、玄蕃頭《げんばのかみ》どの（田沼意正）の策動があるのではないかと……。幻十郎はそう看ておるようでございます」

「田沼か――」

その名を聞いて、楽翁の表情がふとゆるんだ。

「それはおもしろい話じゃ」

「おもしろい？」

孫兵衛がけげんに聞きかえした。

「火事で思い出したが……、二月《ふたつき》前の霊岸島の火事を憶えておるか？」

「はい。南新堀二丁目から出火して、この屋敷ちかくまで火が迫りました。よう憶えております」

「これは、定永《さだなが》から聞いた話じゃが……」

定永とは、楽翁の嫡男、伊勢桑名十一万石の藩主・松平越中守《えっちゅうのかみ》定永のことである。

楽翁は、もっぱらこの定永から柳営《りゅうえい》内の情報を入手していた。

「霊岸島の火事が起きる十日ばかり前から、一橋どのの浜町の屋敷前の道が通行差し止めになったそうじゃ」

「ほう……」

一橋治済は七十四歳の高齢ながら、十一代将軍家斉の実父として、いまなお隠然たる権力を保持している。

その一橋家の別邸が浜町にあった。霊岸島からは、そう遠い距離ではない。

「勝手に通行を止められたので、町の者は一橋家の前の道を『わがまま河岸』と呼んでおるそうじゃ」

「さぞ、近隣の者たちは難儀しておることでしょうな」

「孫兵衛、これが何を意味するか、わかるか？」

「はあ？」

「一橋家に火が迫ったときの備え、と考えたらどうじゃ？」

「あっ」

孫兵衛は、思わず息を呑んだ。

火事発生の十日前から、屋敷前の道を通行止めにして火事に備えたとすれば、一橋家は火事が発生することを事前に知っていたことになるのだ。

「仮に、あの火事が田沼の策動であったとすれば、この話もうなずける。決して付会な理屈とはいえまい」

付会どころか、何もかもぴったりと話のつじつまが合う。

孫兵衛は、返す言葉もなく絶句した。

「ふふふ、話がおもしろうなってきた。幻十郎には、そのまま探索をつづけるよう申し伝えよ」

「ははっ」

4

南町の定町回り同心・田所誠之助は、その日も、朝から聞き込みに歩いていた。

連続放火事件の罹災者の多くは、親類や友人知人などの家に身をよせて、懸命に働きながら再起を図っている。

田所は、そうした罹災者の家を一軒一軒たずね歩いては、『夜鴉』に関する情報をこつこつと集めていたのである。

朝、奉行所を出て夕刻まで、中食《ちゅうじき》の小半刻をのぞいては、ほとんど歩きっぱなしであった。文字通り地を這《は》うような捜査である。

「町方には、ほかにやらなければならぬ仕事が山ほどある。いいかげんに『夜鴉』から手を引いたらどうだ」

奉行所にもどると、決まって支配与力の権藤六右衛門から、厭味《いやみ》とも圧力ともつかぬ言葉を投げかけられた。

――冗談じゃねえ。おれがやらなければいったい誰がやるんだ。

内心そうつぶやきながら、権藤の言葉を無視して、田所はひとり黙々と探索をつづけていた。

三日前に、火盗与力の平岡左兵衛が情婦もろとも惨殺されたという。その一件はすでに田所の耳にも入っていた。

――誰かに口を封じられたにちがいねえ。

平岡は、付け火の擬似犯人をでっちあげるために『夜鴉』一味に利用され、その役割が終わったところで闇に葬られたのである。

用済みとなれば、仲間さえも容赦なく殺してしまう『夜鴉』の非情さに、田所は烈しい怒りを感じていた。

――かならず、おれが挙げてやる。

手柄功名が目的ではない。それは町方同心の意地であり、執念であり、持って生まれた正義感であった。

本郷界隈《かいわい》の聞き込みをおえて、京橋南紺屋町の自身番屋に立ち寄ったのは、七ツ半（午後五時）ごろだった。

「お見廻りご苦労さまでございます。ささ、一服つけておくんなさい」

顔なじみの番太が煙草盆をさし出した。

「その前に茶を一杯いれてくれ」

といって、田所は上がり框《がまち》にどっかり腰をおろした。

今日は真夏のように暑い一日だった。喉がからからに渇いている。番太がいれてくれた茶を一気に飲みほす。

やっと人心地ついた。と同時に疲れが出たのか、板壁にもたれたままうつらうつらと舟を漕《こ》ぎはじめた。

「旦那、旦那……！」

半刻ほどたって、男の声に叩き起こされた。見ると、へちまのように間のびした男の顔が目の前にあった。岡っ引の辰吉である。

「辰吉か。どうした？」

「夜鴉の居所がわかりやしたぜ」

「なにッ」

思わず腰を浮かした。

「いや、夜鴉かどうかわかりやせんが、様子の怪しげな浪人者が三人、そば屋でひそひそと話し込んでおりやしてね」

「どこのそば屋だ？」

「木挽町二丁目の『そば久』です」

「よし」

立ち上がろうとすると、

「けど、もういませんぜ」

「いねえ？」

「そばを食って出ていきやした」

「跟《つ》けなかったのか？」

「それにはおよびやせん。店を出るときに、浪人者のひとりが六ツ半（午後七時）に采女《うねめ》ケ原で落ち合おうと、そういってたのをしっかり耳にとめておきやしたから」

「六ツ半に采女ケ原か……」

そんな時刻に人けのない采女ケ原で、浪人同士がひそかに落ち合うというのも、たしかに妙な話である。

「辰、おめえ、飯は食ったのか？」

「いいえ」

「じゃ、『そば久』でそばでも食おう」

六ツ半までには、あと半刻（一時間）ほど間がある。そばでも食いながら時をつぶそうと、田所は辰吉をさそって番屋を出た。

5

『そば久』で盛りそばを二枚ずつ食い、頃合いを見はからって外に出た。

四辺は漆黒の闇につつまれている。夜空には丸盆を二つに割ったような半月が浮いている。提灯を持たずとも、その月明かりだけで充分夜目が利いた。

三十間堀にそって南へ三丁も行くと、右手に小さな橋が見えた。

新橋である。

その橋の東詰めを左に折れると、ほどなく采女ケ原に出る。

享保九年（一七二四）まで、この場所に伊予今治《いまばり》藩、松平采女正《うねめのしょう》の屋敷があったのだが、同年正月の火災で焼失したあと、屋敷は麴町三丁目に移され、その跡地に馬場が開かれたのである。

昼間は、屋敷跡の池のほとりに筵《むしろ》がけの見世物小屋や露店がたちならび、たいそうな賑わいを見せるが、夜ともなると人影ひとつ見あたらぬ寂しい場所になる。

田所と辰吉は、雑木の疎林《そりん》をぬけて、馬場のほうに足をむけた。

このところの晴天つづきで、馬場の赤土は乾ききっている。

ヒュルル……。

夜風が馬場を吹きぬけ、一面に赤茶けた土煙が舞いあがった——その時である。

ふいに辰吉が身をひるがえし、

「つ、連れて来たぜ！」

大声で叫びながら、脱兎《だっと》の勢いで走り出した。田所は一瞬、けげんな顔で足をとめたが、すぐにそのことに気づいた。罠だったのである。

「そうか……辰、はめやがったなッ！」

いつの間にか、背後に三つの黒影が立っていた。いずれもすさんだ感じの浪人たちである。田所は、素早く十手を引きぬいて身構えた。

「貴様、少々深入りをしすぎたようだな」

ひとりが野太い声でいった。底もなく昏《くら》い目をした浪人——高山兵庫である。田所はその目に見覚えがあった。

「こ、この間の浪人者か！」

「いかにも……。あの時はとんだ邪魔が入ったが、今度はまちがいなく貴様を仕留めてやる」

兵庫がぎらりと刀をぬいた。同時にほかの二人も抜刀して、左右に跳んだ。

田所は十手を構えながら、じりじりと後ずさる。左右の浪人が獲物を罠に追い込むように剣先をゆらして、じわじわと間合いをつめる。

兵庫がゆっくり刀をふり上げ、右八双に構えた。田所は、十手を左手に持ちかえ、素早《はや》く右手で刀を抜きはなった。それより迅く、兵庫の刀が斜め右から袈裟《けさ》がけに振りおろされた。

うっ。

小さく呻いて田所がのけぞった。左肩から胸にかけて着物が裂け、血しぶきが飛散したが、急所は外れていた。兵庫が意識的に外したのである。明らかになぶり斬りの一刀であった。

間髪をいれず、左手の浪人が刀を真横に薙《な》いだ。田所の脾腹《ひばら》から血潮が噴き出した。この傷も臓腑《ぞうふ》をえぐるような深傷《ふかで》ではなかった。

さらに右の浪人が、撫《な》でおろすように斬り下げた。切っ先が田所の内腿を裂いた。田所は必死に足を踏んばって体勢をたてなおした。だが、すでに反撃する力は失せていた。

三人の浪人は嗜虐《しぎゃく》的な笑みを泛かべながら、無抵抗の田所に容赦ない斬撃《ざんげき》を浴びせた。

「こ、殺せ……ひと思いに殺してくれ……」

全身を血に染めながら、田所が呻くようにいった。

「そうはいかん。もうしばらく楽しませてもらう」

兵庫が逆袈裟に斬りあげた。上体を大きくのけぞらせ、田所の躰が丸太のように地面にころがった。

「立て」

兵庫が冷然といった。

血と土埃《つちぼこり》にまみれながら、田所は歯を食いしばって懸命に立ち上がろうとする。が、全身が麻痺《まひ》して躰が動かない。立ち上がる気力も失せていた。

必死に身もがく田所の目のすみに、木立の陰に身をひそめて、怯《おび》えるように様子をうかがっている辰吉の姿がちらりとよぎった。

(た、辰……てめえは、屑《くず》だ！　……)

地面を這いつくばりながら、田所は肚《はら》の底で吐き棄てた。

「毎度ありがとうございます」

最後の客を送り出して、志乃は卓のうえの徳利や小鉢を片づけはじめた。

神田雉子町《きじちょう》の小料理屋『きさらぎ』である。

一昨日、志乃にこの店をたずね、女将《おかみ》のお浜に無理に頼みこんで、働かせてもらうことにしたのである。

お浜は、十年ほど前まで、深川黒江町で芸者をしていたが、神田佐久間町の紙問屋の旦那に落籍《ひか》されて囲い者になった。

その旦那が病死したのをきっかけに、三年前にこの店を自前で持ち、以来、女手ひとつで切り盛りしてきた。

歳は、三十五。醤油樽《しょうゆだる》のようにでっぷり肥った女丈夫だが、さすがに元辰巳芸者だけあって、気性は竹を割ったようにさっぱりしている。

「さて、そろそろ仕舞いにしようか」

板場から、お浜が手を拭《ふ》き拭き出てきた。

時刻は、すでに五ツ半をまわっている。

「すまないけど、お志乃さん、のれんを仕舞っておくれな」

「はい」

と、志乃が表に出ようとしたとき、格子戸ががらりと開いて、二人の男がふらりと入ってきた。

「あら磯貝さま、いらっしゃいまし」

お浜が愛想笑いを泛かべて出迎えた。

一人は定火消し与力の磯貝新三郎、もう一人は岡っ引の辰吉である。

「もう仕舞いか？」

磯貝が訊いた。

「い、いえ、どうぞ」

「酒を二、三本くれ。冷やでよい」

「はい」

「それに何か適当に見つくろってな」

「承知いたしました……あ、磯貝さま、ご紹介しましょう。今度うちで働くことになったお志乃さんです」

「初めまして。志乃と申します」

「こちら火消し御屋敷の与力の磯貝さま」

「よろしく、ごひいきのほどを……」

挨拶《あいさつ》する志乃に、じろりと視線をむけ、

「ほう、鄙《ひな》にはまれな美形だな」

磯貝がぎこちない世辞笑いを泛かべた。

「あら、鄙にはまれとは、ご挨拶ですこと――」

お浜が笑いながら、

「じゃ、お志乃さん、お酒の支度お願いします」

と板場に去った。

銚子に酒を注ぎながら、志乃は磯貝の連れの男のことを考えていた。どこかで見た顔である。だが、思い出せない。

（誰だろう……？）

思案しながら、酒を運んだ。

「お待たせいたしました」

「うむ」

磯貝が、銚子をとって、

「辰吉、飲め」

と猪口に酒をついだ。その瞬間、

（岡っ引の辰吉……！）

卒然と志乃の記憶がよみがえった。八丁堀の同心組屋敷に住んでいたとき、何度か辰吉の姿を見かけたことがある。

——たしか定町回りの田所さまの手先を……。

志乃は板場の隅の流し場で、皿や小鉢を洗いながら、さり気なく聞き耳を立てた。

「おまえの……で……上首尾だ……約束どおり……」

磯貝の声が途切れ途切れに聞こえてくる。

志乃は、洗いおえた皿を棚にならべながら、ちらっと二人に視線をやった。磯貝が懐中から金子をとりだし、素早く辰吉の手ににぎらせた。三、四両の金である。

――定火消し与力と町方の岡っ引。

妙な取り合わせである。しかも、ひそかに金のやりとりをしている。

(何かある)

直感的に、志乃はそう思った。

第六章　報復

1

幻十郎が、田所誠之助の死を知ったのは、翌朝の六ツ半（午前七時）ごろであった。朝餉《あさげ》の支度のために、買い物に出かけていた歌次郎が町のうわさを聞いて、急ぎ戻ってきたのである。

「田所さんが！」

「へい。釆女《うねめ》ケ原で何者かに滅多斬りにされたそうで――」

「まさか……！」

幻十郎は絶句した。

あまりにも突然の、そして衝撃的な悲報に言葉を失った。信じられない話であった。信じたくもなかった。何かのまちがいであって欲しいと思った。

数日前に、田所とは八丁堀の組屋敷で酒を酌みかわしたばかりである。そのとき幻十郎は、

「夜鴉一味に田所どのの面が割れました。くれぐれも身辺にはご用心を」

と忠告した。それ以来、心ひそかに田所の身を案じていたのだが、不幸にも、それが現実となってしまったのである。

「北町は辻斬《つじぎ》りの仕業、とみてるようですが……」

歌次郎がそういうと、

「下手人は夜鴉だ」

一言、吐き棄てるようにいって、幻十郎は立ち上がった。

「ど、どこへ行くんですか？」

「采女ケ原だ」

「じゃ、あっしも」

大股《おおまた》に出ていく幻十郎のあとを、歌次郎があわてて追う。

往来には、薄膜を張ったように朝霧がたちこめている。白い霧のなかを幻十郎と歌次郎の影が足早にゆく。

幻十郎の胸裡には、大きな謎が石塊《いしくれ》のように重く閊《つか》えていた。

――田所は、なぜ夜中に采女ケ原に行ったのか？　それもたった一人で……。

性格は豪放磊落《らいらく》だが、反面、仕事の上では冷静かつ慎重な男であった。『夜鴉』に関する有力な情報を得て探索に向かったとしても、一人でのこのこと出かけて行くはずがない。まずは疑ってかかる。それから情報の裏を取る。うまい話にはかならず裏があると看《み》るべきであり、田所なら当然そうしたに違いない。

ところが、田所はまんまと『夜鴉』の術中にはまってしまった。

——なぜだ？

その謎を解くために、幻十郎は采女ケ原に足をむけたのである。

三十間堀にかかる新橋を渡ると、白い朝霧の向こうに、墨絵のように淡くにじむ雑木の疎林《そりん》が見えた。采女ケ原である。

池のほとりの見世物小屋の前で、小屋ぬしらしい老人が看板を出していた。

「爺さん……」

幻十郎が声をかけると、老人はびっくりしたように振りむいた。

「ゆうべ町方が殺されたそうだが、場所はどのあたりだ？」

「へ、へい。馬場のほうで——」

「仏を見つけたのは誰だい？」

歌次郎が訊いた。

「手前です。今朝、起きぬけに馬場を散歩していたら、血まみれのお侍さんが倒れてたんで、すぐ木挽町の番屋に届けたんです」

「時刻は？」

今度は、幻十郎が訊いた。

「七ツ半ごろです。北の御番所のお役人方が飛んで来て、ついさっき仏さんを運んでいきました」

「そうか……。すまねえな、仕事の邪魔をしちまって」

老人に礼をいうと、幻十郎は歌次郎をうながして、馬場のほうに足をむけた。

「あ、旦那、あれです」

歌次郎が前方を指さした。赤土の上にどす黒い染みが見えた。近寄ってみると、それは赤黒く変色した血溜まりの跡だった。赤土にしみ込んだ血は膠《にかわ》のように凝血している。

——妙だな？

血溜まりから、東に向かって点々と血痕《けっこん》がつづいている。それを目で追っていくうちに、幻十郎は奇妙なことに気づいた。

点々とつづく血痕は、半間（約九十センチ）ほど先で小さな血溜まりとなり、さらに半間ほどつづいて、また小さな血溜まりになっている。

そんな血痕がおよそ四間（約七メートル）ほどつづいて、最後にまた大きな血溜まりとなって途切れていた。しかも、小さな血溜まりのそばには、棒で突き刺したような穴があった。

「何ですかね？　この穴は――」

歌次郎が怪訝《けげん》そうに訊いた。答えは返ってこなかった。幻十郎は押し黙ったまま、凄《すご》い形相で地面に視線を落としている。

そのただならぬ気配に、歌次郎はぞくっと身をすくめて沈黙した。

――酷いことをしやがる……。

幻十郎の脳裡に、昨夜ここで起きた事件の〝絵〟が、鮮烈に浮かびあがった。

その〝絵〟の中に、黒い影が二つ三つ仁王立ちしている。『夜鴉』一味である。

一味の足元には、滅多斬りにされた田所が、血まみれで這いつくばっている。

『夜鴉』の一人が、瀕死《ひんし》の田所の手から朱房の十手をもぎ取る。

「十手は町方同心の魂だ。死んでもこいつは手放せまい。さ、取れ。この十手を取ってみろ」

もがき苦しむ田所をあざ笑うかのように、半間ほど先の地面に十手をぐさりと突き刺す。

田所は、必死に力をふりしぼり、地面をかきむしって十手に這い寄る。もうすぐ手が届きそうなところまで這い進むと、『夜鴉』はおもむろに十手を引きぬき、さらに半間先の地面に突き刺す。

　田所がじりじりと匍匐《ほふく》前進する。『夜鴉』が、また十手を引きぬいて、半間先の地面に突き刺す。

　まるで蛇の生殺しのような、残忍で非情な「死の遊戯」であった。何度かその「遊戯」を繰り返すうちに、田所はついに力つきて絶命したのである。

　そこで、幻十郎の脳裡に浮かんだ〝絵〟も卒然と消えた。

　――田所さんは『夜鴉』になぶり殺しにされた……。

　地面に残された血痕からみて、それは疑う余地のない事実である。

（許せねえ……）

　田所の無念の最期を想うと、胸が張り裂けんばかりの、絶望的な怒りと哀しみがこみあげてくる。

「旦那……」

　歌次郎がふと屈みこんで、地面に不審な目をやった。

「この矢印は何ですかね？」

　最後の血溜まりの地面に、東南の方角に向かって、明らかに田所が指で書き記したと思われる矢印があった。

（ひょっとしたら……）

田所は、息を引きとる直前に、『夜鴉』一味につながる手がかり――つまり、ダイイングメッセージを残したのではあるまいか。

「この矢印の方角は……」

歌次郎が、顔をあげて、東南の方角に視線をやった。

采女ケ原の馬場は、ほぼ真東に向いている。矢印がさしている方角には、入堀（運河）をへだてて武家地がひろがり、さらにその先には御門跡《もんぜき》・西本願寺がある。

「夜鴉一味の根城をさしてるんじゃねえんでしょうか？」

「さあな……」

幻十郎は、否定も肯定もせず、じっとその矢印を見つめている。

と、ふいに雑木の疎林がざわざわと騒ぎ出し、湿気をふくんだ南風が吹きはじめた。

立ちこめていた朝霧が急速に流れ、あたりが薄暗くなったかと思うと、ぽつりぽつりと雨滴が落ちてきた。

「雨か……」

幻十郎は、黒雲におおわれた空を恨めしげに見あげ、

「引きあげるぜ」

歌次郎をうながして踵をかえした。

『風月庵』の丸太門の前までくると、雨は急に大降りになった。

あわてて玄関に駆けこむ。

幻十郎は肩の雨滴をはらいながら、ふと足元に視線を落とした。踏み石の上に女物の駒下駄がきちんとそろえてある。

（志乃か……）

何の用だろうと不審に思いながら、式台にあがりこむと、

「お帰りなさいまし」

奥から志乃が姿をあらわした。

「どうした？　こんな朝はやく――」

「旦那のほうこそ、どこへ行ってたんですか？　こんな朝はやく」

微笑で問い返す志乃に、歌次郎が、

「ま、話は向こうでゆっくり……」

二人を板間にうながした。

2

土砂降りの雨が烈しく軒庇《のきびさし》をたたいている。南風が吹き込んでいるせいか、板間

に座っていても肌がべたつくほど蒸し暑い。

「聞きましたよ、田所さんの事件。お気の毒に……」

志乃が茶をいれながら、沈痛な表情でいった。幻十郎は黙っている。もうその話題にはふれたくない、といった表情である。

志乃が気をとりなおすように言葉をつぐ。

「そのことで、ぜひ旦那のお耳にいれておきたいことが――」

幻十郎の表情がちらっと動いた。

「何かつかんだのか？」

「ゆうべ、定火消し屋敷の磯貝って組与力が、男を連れて飲みに来たんです……。誰だと思います？　その男」

「…………」

幻十郎は、無言で首をふった。誰と訊かれてもわかるはずがない。

「田所さんの手先をつとめていた、辰吉って岡っ引ですよ」

「辰吉！」

幻十郎は思わず訊きかえした。

「あの二人がどういう関わりかわかりませんけど、ただ一つ、気になることが……」

「…………」

「磯貝が、こっそり辰吉にお金を渡していたんです。たしか三両か、四両だったと思います」

「そうか……」

幻十郎の目がきらりと炯《ひか》った。

「歌次、それで解けたぞ」

「え？」

「田所さんが書き残した矢印の謎だ。あの矢印は東南の方角に向いていた」

「へえ……」

「つまり、辰の方角よ」

「あっ」と歌次郎が小さく叫んだ。

あの矢印は辰の方角、すなわち辰吉の『辰』の字を示していたのである。

「つ、つまり、田所さんを采女ケ原におびき出したのは、辰吉ってことですか？」

「間違いねえ。これで何もかも話のつじつまが合ったぜ」

「まさか自分の手先に裏切られるとは……。田所さんだって夢にも思わなかったでしようからねえ」

志乃がやり切れぬように深々と吐息をついた。

「事の真相は、直接、辰吉の口から聞いてやろうじゃねえか」

「あっしもお供しやす」

「いや」と幻十郎が手をふって、

「志乃さん、あんたに手伝ってもらうぜ」

「え」

「今夜があんたの初仕事だ」

「初仕事？」

その言葉の意味が、志乃には理解できなかった。すでに志乃は『きさらぎ』に潜入して情報収集の「仕事」をしている。そのことは幻十郎も知っている。「初仕事」という言い方は妙である。

どういうことなのか訊き返そうとすると、それをかわすように、幻十郎がふいと立ち上がって、

「とうぶん、やみそうもねえな。この雨は……」

つぶやきながら、濡《ぬ》れ縁のほうに立ち去った。志乃の心中を察して座をはずしたのだろう。

沛然《はいぜん》と雨がふっている。

濡れ縁に佇立して、じっと庭の雨景色をながめている幻十郎の背中を、志乃は複雑な表情で見ていた。

芝・増上寺の裏手（北西側）の涅槃門《ねはんもん》から、桜川にかかる福島橋までの、およそ百三十間（約二百三十六メートル）の道は、山を切りくずした坂道になっており、「切り通し坂」とよばれていた。

大小の寺社に囲まれたこの切り通し坂の広小路には、意外なことに、数軒の淫売宿が軒をつらねていた。俗にいう岡場所である。

江戸府内に数十ケ所ある岡場所のなかでも、芝切り通しの岡場所は一般的にあまり知られていない。穴場中の穴場であった。

その一軒、『桐花屋《きりばなや》』の一室で、ふたりの女郎を相手に、破廉恥ざんまいの遊びをしている男がいた。

岡っ引の辰吉である。

全裸の女郎が大きく脚をひろげて畳の上に立っている。

辰吉はその女郎の腰に左手をまわし、右手に徳利を持って、臍《へそ》の孔に酒を流しこんでいる。臍に流しこまれた酒は、たらたらと腹をつたって恥丘に滴り落ちる。

秘所に顔をうずめた辰吉が、舌先で秘毛をかきわけつつ、その酒を舐《な》めるように飲む。遊里の秘語でいう「わかめ酒」である。

もう一人の、これも一糸まとわぬ全裸の女郎が、膝立ちした辰吉の股の下に仰むけになって、むさぼるように辰吉の肉根をしゃぶっている。

「ひっひひ、たまらねえ……」

辰吉が下卑た笑みを泛かべて腰を動かす。

「あたしだって、もう……」

〝わかめ酒〟の女郎があえいでいる。

「よしよし」

と、辰吉は股間に仰臥している女郎の口からつるっと一物を引きぬくと、

「二人とも四つん這いになんな」

命令口調でいった。いわれるまま、二人の女郎は辰吉に臀《しり》を向け、犬のように両手両膝を畳についた。

「さあて、どっちから可愛がってやるか……」

辰吉は、淫猥《いんわい》な目つきで二つの臀を交互に見やり、「よし」とうなずくや、怒張した一物をひとしごきして、右の女郎の秘所にずぶりと突きさした。そして、もう一方の手指で左の女郎の秘所をなぶる。

「あッ、あああ……！」

左右の女郎が同時に甲高い悦《よが》り声を発し、烈しく髪をふり乱して狂悶《きょうもん》する。

しばらく、右の女郎を責めたあと、辰吉はつるりと肉根を引きぬいて、今度は左の

女郎の秘所に突き立てた。

「ひぃッ……いい、いい！　……もっと、もっと……」

二人の女郎は、半狂乱でわめきながら、牝犬のように激しく尻を振る。

「お、おれも……いくぜ！」

叫ぶが早いか、辰吉は一物を抜きはなち、二人の女郎の背中に白濁した陰液をドバッと放射した。


ゴーン、ゴーン……。

五ツ（午後八時）の鐘が鳴っている。

切り通し坂下、青竜寺の東となりの時の鐘である。この鐘は、愛宕山下の武家屋敷に向けて建立された時の鐘で、大名七十六軒、旗本百五十四軒から鐘撞《つ》き料をとっていた。

雨がやんで、雲の切れ間から皎々《こうこう》と月明かりが差している。

その月明かりの中にポツンと人影がわき立った。

ふところ手の辰吉である。

〽忍ぶ恋路は　さてはかなさよ

今度逢うのが命がけ
よごす涙の白粉《おしろい》も
その顔かくす無理な酒

歌沢《うたざわ》節などを口ずさみながら、切り通し坂の中腹まで来たときである。

足早に坂をのぼって来る影があった。気にもとめず、やり過ごそうとした瞬間、影は突然、辰吉の前に立ちふさがった。

伸びた月代《さかやき》の下に太い二筋の傷痕《きず》、両眉と両眼が吊りあがり、鬼のような形相をした浪人者である。

「あ、あっしに何か？」

「辰吉だな」

浪人者が、低く、陰気な声で誰何《すいか》した。

「へ、へい」

「ちょいと付き合ってくれ」

「ご、ご浪人さんは……？」

「死神だ」

「ええっ」

かわす間もなく、浪人者に右腕をとられ、背中にねじ上げられた。

「い、痛てて。な、何しやがるんだ！」

異相の浪人者——幻十郎は、辰吉の腕をねじあげたまま、近くの桐畑の茂みに引きずり込んだ。

3

「や、やい！　おれは十手持ちだぞ。妙な真似をしやがるとただじゃすまねえぜ！」

辰吉は精一杯凄んでみせたが、鼻面にぎらりと刃を突きつけられたとたん、

「ひいッ」

と悲鳴を発して、沈黙した。

「田所さんを『夜鴉』一味に売ったのは、貴様だな？」

幻十郎が訊いた。

「し、知らねえ。おれは何も知らねえ！」

「そうか……」

幻十郎は逆手に持った刀を、辰吉の右耳に押しあててぐいと引き下げた。

「うわッ！」

絶叫とともに何かがポロリと地面に落下した。見ると、それはそぎ落とされた辰吉の右耳であった。傷口から噴き出した血が、辰吉の顔面を真っ赤に染めている。

「次は左耳だ」

「わ、わかった！　しゃ、しゃべる。しゃべるから勘弁してくれッ！」

「誰に頼まれた？」

「定火消し……組与力の磯貝さんだ……」

「そいつが夜鴉の頭か？」

「し、知らねえ……。本当に知らねえんだ！　……田所の旦那を釆女ケ原にさそい出せば四両やるといわれて――」

「田所さんを金で売ったってわけか」

ねじ上げられた腕の痛みに堪えながら、辰吉はぐるっと首をひねって幻十郎の顔を見た。情けないほど哀れな顔をしている。

「おっ、岡っ引の給金なんざ……雀の涙だ……朝から晩まで這いずり回って……ひと月一朱二分……たかが一朱二分ですぜ」

「………」

「おれだって男だ……酒も飲みてえし、女も抱きてえ……田所の旦那には、すまねえことをしちまったが……金が欲しかったんだよ、金が――」

「田所さんがどんな死に方をしたのか、知ってるのか」

「…………」

「貴様は――」

幻十郎は、逆手に持って刀をおもむろに辰吉の左耳に押しあて、

「虫けらだ」

吐き棄てて、一気に上に薙ぎあげた。

「うわッ！」

今度は左の耳が飛んだ。激烈な痛みに気を失いかけて、辰吉はガクッと膝を折った。

すかさず幻十郎が左手で躰をかかえ込み、

「志乃さん」

闇に向かって声をかけた。桐畑の茂みの陰から、志乃が忽然《こつぜん》と姿を現した。

幻十郎は、懐中から白鞘の匕首《あいくち》をとり出して、ポンと志乃の足元にほうり投げると、

「殺せ」

冷然といいはなった。

「…………」

志乃は無言のまま匕首を拾いあげて白鞘を払う。するどい刃先が月明かりを受けて冴え冴えと光った。ためらうように、志乃は匕首の刃を見つめた。幻十郎がいった「初

仕事」とは、これだったのである。

「や、やめろ！」

辰吉が叫んだ。そぎ落とされた両耳の傷口から、真っ赤な血がだらだらと滴り落ちている。

「た、頼む！　……命だけは助けてくれ」

「………」

志乃は匕首の柄を両手でにぎって、一歩一歩近づいてくる。

幻十郎の腕の中で辰吉が必死に身もがく。

「や、やめてくれッ。殺さねえでくれ」

つっ、と志乃が脚をとめた。双方の距離は半間もない。

「た、頼む。おれには嬶《かかあ》もガキもいるんだ……い、命だけは助けてくれ！」

辰吉が、いまにも泣き出しそうな顔で哀訴する。志乃の表情はぴくりとも動かない。能面のようにまったくの無表情である。

幻十郎も、黙って見ている。

「こ、殺さねえでくれ……お願えだ……」

とうとう辰吉が声をあげて泣き出した。が、その泣き声はすぐに沈黙に代わった。

志乃の諸手突きの匕首が、深々と辰吉の胸をつらぬいたのである。その瞬間に辰吉の心の臓の鼓動はとまっていた。

　志乃は、躰ごと匕首を叩きこんだまま、辰吉の死骸にもたれるように立っている。幻十郎がそっと両手を回して志乃の躰を支えた。辰吉の死骸をはさんで、二人は抱き合う形になった。

「殺した……人を殺したんですね……」

　血まみれの辰吉の死に顔を横目に見ながら、志乃が虚ろにつぶやいた。

「これで、あんたも修羅地獄に堕ちた――」

　幻十郎が抑揚のない声でいった。

　冷徹なその言葉とは裏腹に、幻十郎の胸裡には、熱く、するどい疼痛があった。志乃を道連れにしてしまったことへの慚愧《ざんき》と自責の念である。

「後悔はしてません。あたしが望んだことなんですから……」

　そういって、志乃はゆっくり躰を離した。ずるずると辰吉の死骸が崩れ堕ちた。志乃の着物にべっとりと血がついている。

「行こう」

　幻十郎が背を返した。志乃は黙ってあとに従《つ》いた。立ち去る二人の後ろ姿に、切ないほどの虚無感がただよっている。

　切り通し坂を下りきったところで、また雨が降り出した。雨は、寸秒もおかずに大降りになった。篠《しの》突く雨である。

烈しい雨に打たれながら、二人は芝口に足をむけた。

ふふふ……。

ふいに志乃が足をとめて笑みを泛かべた。

「どうした？」

「いつの間にか、血が……」

と着物の褄《つま》をとって見せた。土砂降りの雨が、着物についた血を洗い流したのである。

「ほら、手もこんなにきれいに……」

志乃はそういって両手を差し出し、雨で洗うように手のひらをこすり合わせた。

「志乃」

幻十郎は、やおら志乃の躰を引きよせて、何か言いかけた口を唇でふさいだ。

「旦那……」

志乃も狂おしげに幻十郎の口を吸った。

幻十郎の腕のなかで、ずぶ濡れの志乃の躰が小きざみに顫《ふる》えている。

志乃は、泣いていた……。

4

同刻——。

飯田町の田沼意正《おきまさ》の屋敷に、時ならぬ来訪者があった。金座の後藤三右衛門である。

「夜分、突然お邪魔いたしまして——」

三右衛門が、例によって慇懃《いんぎん》な笑みを泛かべながら両手をついた。

「で、用向きと申すのは？」

「はっ」

と畏懼《いく》するように頭を下げると、三右衛門はおもむろに書状を披《ひら》いて、田沼の前に差し出した。商人の名が何人か書きつらねてある。

「ご承知のように、昨年来の相次ぐ火事で、八軒の両替商が焼死、家作身代もことごとく焼失いたしまして、廃業やむなきにいたりました」

「ふむ……」

「つきましては、その八軒に代わりまして、この者どもに両替組合の株のご認可をたまわりたく、お願いに参上いたしました」

「なるほど、ふふふ……」

田沼は口の端に軽笑をきざんだ。

「三右衛門、そちも抜け目のない男よのう」

「はあ？」

「あの企てには、そのような目論見もあったのか」

「あ、いえ、決してそのような……」

と口ごもりながら、弁解がましい笑みを泛かべる三右衛門に、田沼は苦々しい視線を向けた。

——この男は希代《きたい》の悪党じゃ。

幕府の財政再建の切り札として、貨幣の吹き増し（改鋳）を老中水野出羽守《でわのかみ》の家老・土方縫殿介《ぬいのすけ》に持ちかけたのは、実は、この三右衛門であった。

吹き増しが施行されれば、幕府はその出目（改鋳による利益）で当面の財政危機をしのぐことが出来、三右衛門のふところには莫大な分一金《ぶいちきん》（手数料）が入ってくる。

両者の利害がぴったり一致し、土方が即座にこの話にのったのである。

一方で三右衛門は、定火消御役・稲葉備前守《びぜんのかみ》や、火盗改役与力・平岡左兵衛らと手を組んで、連続放火事件という途方もない妄計をめぐらせていた。

その目論見の一つが、いま田沼意正に差し出した名簿である。

当時、江戸には六百四十三軒の両替商があり、独占的、かつ強力な株仲間を構成していた。

金、銀、銭相場を自在にあやつり、金融市場に大きな影響力をもつ両替商は、幕府にとっても手ごわい存在であった。享保の名奉行・大岡越前守でさえ両替屋組合には手を焼いたという。

両替商の株仲間に新たに参入するためには、株を手に入れなければならない。むろん株の売買は許されていたが、よほどのことがないかぎり、手放す者はいなかった。両替商いで成功した者にとって、両替商の株は垂涎《すいぜん》の的であった。しかし株の売買は事実上不可能であり、廃業者が出ないかぎり、株を手に入れることは出来なかった。

三右衛門はそこに目をつけたのである。

両替商の店が火事で焼け、当主が焼死すれば、その株は〝明き株〟すなわち欠員となる。

新規参入を希望する商人に、その〝明き株〟を斡旋《あっせん》し、巨額の手数料を取るというのが三右衛門の目論見だったのである。

株といっても、現在のような株券があるわけではない。

「凡《およ》そ両替屋は、天秤《てんびん》の底板に篆刻字《てんこくじ》の『陽』の字を烙印《らくいん》にしたるを各一挺《ちょう》ずつ所有し、店頭には分銅形の招牌《かんばん》を掲ぐ。若《も》し其の株を他人に譲渡す時は、右の天秤をば其の人に伝ふ」（『江戸会誌』四号）

とあるように、株仲間に加入した両替商には、金、銀、銭を計る天秤が幕府から下付される。これが両替商の金看板になったのである。

「近頃の両替商は……」

三右衛門がつづける。

「金、銀、銭の相場を専横して巨利をむさぼり、お上をも恐れぬ倨傲《きょごう》ぶり。この宿弊《しゅくへい》を正すには、株仲間に新たな参入者を送りこみ、業界の風通しをよくするのが最善の策ではないかと存じます」

「ふふふ、その理屈、一応筋は通っておる」

田沼は空々しい笑みを泛かべ、

「よかろう。わしもその方には借りがある。さっそく町奉行にその旨、申し伝えておこう」

と書状を折り畳んで文箱におさめた。

「何卒、よしなにお取り計らいのほどを……」

三右衛門は大仰に平伏して、

「些少ではございますが」

と袱紗《ふくさ》包みをさし出した。中身が金子であることはいうまでもない。

「では、手前はこれにて――」

再度、深々と頭を下げて、三右衛門は退出した。

——食えぬ男じゃ。

肚の底でつぶやきながら、田沼は宙に目を据えた。

金座の後藤三右衛門と土方縫殿介を引き合わせたのは田沼である。それ以来、老中・水野出羽守の覚えは、ますます目出たくなった。

しかし、田沼の胸中には何か割り切れぬものがあった。三右衛門に手玉にとられているような気がしてならなかったからである。

——図に乗っていると、いずれあやつも墓穴を掘る……。

金座の世襲的支配を許されてきた後藤家には、むかしから不祥事が絶えなかったからである。

ごく近い例では、十四年前の文化七年（一八一〇）、九代庄三郎光暢《みつのぶ》が公金十三万両を使いこんだ罪で獄門にかけられ、後藤家は断絶という憂き目にあっていた。

その後、分家の銀座年寄役・後藤三右衛門孝之《たかゆき》が本家をついで再興をゆるされたが、跡をついだ二代三右衛門光亨《みつのり》は、田沼が危惧《きぐ》するとおり、いささか図に乗りすぎている。

商人が金儲《もう》けに走るのは、決して悪いことではない。むしろ当然のことである。

——だが、金儲けは金儲け。政事は政事。その分別があの男にはない。

三右衛門は、政治を金儲けの道具に使おうとしている。それが危険だ。

老中・水野出羽守の後ろ楯《だて》があるとはいえ、政事の世界は一寸先が見えぬ闇の世界、水野の権勢が未来永劫《えいごう》つづくという保証は何もない。あした政変が起きてもおかしくない世界なのである。

そのとき、まっ先に槍玉にあげられるのは、三右衛門のような悪党である。現実に松平楽翁の刺客がひそかにうごめいている。刺客の手が、すでに三右衛門の身辺に迫っている可能性も否定はできまい。

——巻き添えを食うのは真っ平じゃ……。

そろそろこのへんが潮時かも知れぬ。

田沼は、そう思った。

柔らかい朝の陽差しを受けて、露をふくんだ薄紫のあじさいの花が水晶玉のようにきらきらと耀やいている。

『風月庵』の庭の一角である。

幻十郎は、濡れ縁に座ってあじさいの花にぼんやり目をやっていた。

昨夜、辰吉の口から直に小川町定火消し組与力・磯貝新三郎の名を聞き出すことができた。

　だが、磯貝が『夜鴉』一味の首魁《しゅかい》とは思えない。黒幕はほかにいるはずだ。定火消御役・稲葉備前守なのか、あるいは、もっと大物が背後に控えているのか？

　それがまだ見えて来ない。

　磯貝を締めあげて吐かせるという手もあるが、遅かれ早かれ辰吉殺害の一件は磯貝の耳に入る。そうなれば当然、身辺を警戒しはじめるだろう。

　性急に動くのは却って危険だ。

「旦那……」

　背後で歌次郎の声がした。

「朝めしの支度が出来やした」

「うむ」

　板間に朝餉《あさげ》の膳部がしつらえてある。炊きたての飯と浅蜊《あさり》の味噌汁、干物に香の物。一般庶民に比べれば、これでもかなり贅沢な食膳である。

「旦那――」

　歌次郎が、ふと箸《はし》をもつ手をとめて、幻十郎の顔を見た。

「田所さんの弔い合戦、やらねえんですかい？」

「磯貝はしばらく泳がせておこう」

「けど……」

「夜鴉一味の黒幕の正体を見きわめるのが先決だ。磯貝を殺《や》るのはそれからでも遅くはねえさ。おめえは引きつづき定火消し屋敷を見張ってくれ」

「へえ」

「志乃との連絡《つなぎ》も忘れずにな」

「承知しやした」

5

チチチ……。

籠《かご》のなかで小鳥が鳴いている。

定火消し屋敷の奥座敷の廊下で、菊江が籠の中の四十雀《しじゅうから》に餌をやっている。

あでやかな浅葱綾《あさぎあやじ》地花模様の小袖、顔に薄化粧をほどこし、髷《まげ》は武家風に根を高くした高島田――以前とは、まるで別人のように艶麗《えんれい》な女に変貌していた。

だが、その華やかな容姿とはおよそ裏腹に、菊江の心は暗く、重く沈んでいた。

旗本の奥女中といっても、しょせんは側妾《そばめ》である。御前様（稲葉備前守）の慰みものとして、昼は湯殿で、夜はしとねで、肉体《からだ》を玩弄《がんろう》されるだけの日々。そのために飼われている性の奴隷にすぎなかった。

――あの事件が、わたしの人生のすべてを奪い、すべてを狂わせてしまった。

父・高山外記《げき》の殿中刃傷《にんじょう》事件である。

あの事件が起きた瞬間に、高山兵庫と菊江の零落の人生がはじまったのである。

（いっそ死んでしまおうか……）

とも思ったが、死んでしまったら、兄・兵庫の仕官の道も閉ざされる。それを考えると、死ぬことさえもままならなかった。

前途には、ひとかけらの夢も希望もなく、絶望の闇の底で、菊江はひたすら堪え忍ぶ日々を送っていた。

そんな菊江の心の闇に、ほのかな光が差しこんだのは、十日ほど前のことだった。

丈七《じょうしち》という若いガエンが、神田明神の縁日で買ったという四十雀を持って来てくれたのである。

以来、丈七は家士や家人たちの目を盗んで、毎日のように四十雀の様子を見に来るようになった。もちろん、それが菊江に逢うための口実であることは、菊江自身うすうす察しがついていた。

丈七は菊江より二つ年上の二十二歳である。ガエンの見習いとしてこの火消し屋敷に奉公に入ったのが昨年の春ごろ、まだ一年しかたっていない新参者だった。

目許の涼しげな白皙《はくせき》の美青年で、心根のやさしさがそのまま顔にあらわれていた。

ほんの束の間の逢瀬《おうせ》ではあったが、丈七に逢うたびに菊江の心に恋慕の情がつのっていった。

「お菊さん……」

庭の枝折戸《しおりど》を押して、人目をはばかるように丈七が入って来た。

「鳥は元気かい？」

丈七の挨拶代わりの言葉である。

「ええ、よく鳴くし、よく食べるし……」

といって、菊江はふとけげんな目で丈七を見た。いつになく丈七の態度に落ちつきがない。

「どうかしたの？」

「話があるんだ」

丈七は急に声をひそめて、あたりの様子をうかがい、

「ちょっと道具蔵まで来てもらえねえかい？」

「道具蔵――」

「大事な話なんだ。さ」

深刻な顔で菊江をうながした。

道具蔵は、裏庭の東すみにあった。土蔵造りの大きな蔵である。

中には長鳶《ながとび》（長柄の鳶口）、掛け矢、大鋸《おおが》、梯子《はしご》、竜吐水《りゅうどすい》（消火ポンプ）、纏《まとい》（定火消しの纏には町火消しの纏のような幡連《ばれん》＝吹流しはついていなかった）、火事装束などの火消し道具がぎっしり収蔵されている。

重い扉を引きあけて、丈七と菊江がこっそり入って来た。

蔵のすみの暗がりに、身をひそめるやいなや、

「話って？」

菊江が声をひそめて訊いた。

「おれと一緒に逃げてくれ」

「えっ」

「一緒にこの屋敷から逃げるんだよ」

「そ、そんなこと出来ない！」

「なぜだ？　なぜ出来ねえんだ」

「なぜって……」

口ごもりながら、菊江は視線を泳がせた。

「わたしが、そんなことをしたら……兄の……兄の仕官の話が……」

菊江はつらそうに目を伏せた。

「兵庫さんは騙《だま》されてるんだ」

「なんですって！」

「仕官なんてとんでもねえ！　兵庫さんは人殺しのために傭われたんだよ！」

丈七がいつになく険しい顔で、声を尖《とが》らせた。

「まさか……！」

「嘘じゃねえ……ゆうべ、松蔵さんから何もかも聞いちまったんだ……」

昨夜、小頭の松蔵とガエンたちが大部屋で酒を飲んでいるうちに、酔った松蔵がうっかり口をすべらせたのである。

「ここの定火消しはとんでもねえことを企んでるんだぜ。町に火をかけて、そのどさくさに両替屋に押し込み、一家皆殺しにしたあげく、金蔵の金をごっそり盗み出してるんだ」

「………」

驚きのあまり、菊江は言葉を失った。

「兵庫さんは、その片棒を担がされてるんだぜ」

「兄が押し込みの片棒を……！」

「こんなところにいたら、あんたも不幸になる。一緒に逃げよう。江戸を離れてどこか静かなところで二人だけで暮らそう」

「で、でも――」

「お菊さん、おれはあんたが好きなんだよ！　死ぬほど好きなんだよ！」

丈七がいきなり菊江を抱きすくめた。

「わたしだって……わたしだって、丈七さんのことが……」

「たのむ。おれと一緒に逃げてくれ」

そういいながら、丈七は菊江の躰を抱いたまま、積み重ねた筵《むしろ》のうえに倒れこんだ。

「好きだ……お菊さんが好きだ……」

「あ、だめ……誰かに見つかったら――」

「見つかりゃしねえさ」

丈七は、息を荒らげて菊江の襟元を押しひろげた。白い胸乳《むなぢ》があらわにこぼれ出る。露出した二つのふくらみを両手でわしづかみにして、丈七はむさぼるように乳首を吸った。

「あ、ああ……」

菊江がのけぞりながら喘《あえ》ぐ。無意識に丈七の下腹部に手がのびていた。褌《ふんどし》の下のそれははち切れんばかりに怒張している。御前さまの一物よりはるかに固く、大きい肉根であった。

丈七の手が荒々しく菊江の裳裾《もすそ》を押しひらいた。下半身がむき出しになる。白く艶やかな腿、しなやかな下肢、腿の付け根の一叢《ひとむら》の茂み。その茂みがしっとりと露をふくんでいる。

秘毛の上から恥丘を撫でおろす。やわらかい肉ひだが指先にふれた。やさしく指を入れる。

「あ、だめ……」

菊江が小さく叫んで身をよじった。

「お、おれは、お菊さんが好きなんだ。欲しいんだよ！」

「待って……その前に――」

菊江が丈七の手をそっと払いのけて、上体を起こした。拒否されたと思ったのか、丈七が憤然と立ちあがって、

「な、なぜ、だめなんだ！」

苛立つように怒鳴った。

「ううん、違うの」

菊江はなだめるようにそういうと、丈七の前にひざまずき、もどかしげに褌の紐《ひも》を解きはじめた。

「お菊さん……」

丈七のいきり立った一物が、弾けるように飛び出した。それを指でつまむと、菊江は付け根から雁首《かりくび》へ撫でるように舌を這わせた。これは御前さまに仕込まれた舌技で

ある。

「うッ、うう……」

丈七が顎《あご》を突き出してうめく。

菊江は、屹立《きつりつ》したそれを口にくわえ、ゆっくり首をふった。

「い、けねえ！　……もう、いけねえ！」

丈七は、あわてて菊江の口から一物を引きぬき、両手を菊江の脇の下に差しこんで、高々とかかえあげた。

「さ、おれの首に手を回して」

いわれるまま、菊江はすがりつくように丈七の首に両腕をからめ、両脚で丈七の腰をはさみ込んだ。

丈七は、子供を前抱きにするような恰好で菊江の尻に左手をあてがい、右手でおのれの物をつかんで下から一気に突きあげた。

「あっ」

菊江の口から小さな叫声がもれた。

中腰になったまま、丈七が腰を律動させる。菊江も丈七の首に必死にしがみつき、烈しく尻を上下にふる。

「あ、ああ、すごい……！」

目を半眼にすえて、菊江がうわ言のように、すごい、すごいと口走る。

「お、お菊さんは……おれのものだ。もう離しゃしねえ……誰にも渡さねえ！」

「あたしだって……あたしだって丈七さんから離れない……このままずっと、ずっと一緒に……」

汗と涙で菊江の顔はぐしょぐしょに濡れている。

丈七の息づかいがしだいに荒くなる。躰の奥底から激烈な快感がこみあげてくる。

「うッ、うう……」

「ああッ」

喜悦の声を発しながら、ふたりは同時に果てた。

第七章　血の清算

1

小川町定火消御役屋敷のはす向かいの辻角に、饅頭笠《まんじゅうがさ》をかぶり、薄よごれた墨染めの衣をまとった旅の雲水の姿があった。

道往く人に鉢をさし出して喜捨を求めながら、ときおり、その雲水は饅頭笠を押しあげて、火消し屋敷の長屋門にするどい視線をむけている。

『百化けの歌次』であった。

この四日間、歌次郎は物売りや、職人、大道芸人などに変装して、朝はやくから陽が落ちるまで火消し屋敷の動静を探っていた。

日一日と初夏の陽差しが強まり、午後の陽盛りには饅頭笠をかぶっていても目がくらむほどの暑さであった。

いまのところ不審な動きも、怪しげな人の出入りもない。

暮れ七ツ半――。

じりじりと照りつけていた灼熱《しゃくねつ》の陽差しもようやく西の空に沈み、忍びよる夕闇《ゆうやみ》が涼風を運んでくる。

饅頭笠の下で歌次郎がふうっと大きく吐息をついた。

あと半刻（一時間）ほどで今日の張り込みは終わる。それから夕飯を食って、しばらく時をつぶし、五ツ半ごろ『きさらぎ』に立ち寄って、志乃と連絡《つなぎ》をとって『風月庵』にもどる。それが歌次郎の一日のつとめだった。


そのころ――。

火消し屋敷内、稲葉備前守の寝所の入側《いりがわ》に磯貝新三郎が跪座《きざ》し、

「まだ続けよ、と申されるのでございますか？」

閉ざされた襖《ふすま》の前で、声を尖《とが》らせた。その顔に露骨な不快感があらわれている。

陽が落ちて間もないというのに、稲葉は寝所に菊江を連れこんで情事にふけり、あろうことか、その最中にわざわざ磯貝を呼びつけたのである。

さらに磯貝を不愉快にさせたのは、「付け火、押し込みを続行せよ」との有無をいわさぬ稲葉の厳命であった。

たとえそれが若年寄・田沼意正の意向であろうと、非合法の「付け火、押し込み」をこれ以上つづけるのは危険であり、政治的戦略としても決して得策ではないと磯貝は考えている。

「何か不満でもあるのか？」

襖ごしに稲葉の不機嫌そうな声が返ってきた。

「い、いえ……」

と磯貝はかぶりをふって沈黙した。

会話が一瞬とぎれ、襖の向こうから稲葉の荒い息づかいだけが洩《も》れてくる。

寝所では――白綸子《りんず》の寝巻の前をはだけた稲葉が、もろ肌脱ぎの菊江の乳房をもみしだきながら、いきり立ったおのれの一物を菊江にしごかせている。

「う、ううう……。磯貝」

「はあ？」

「金座の後藤からの再三の要請じゃ。やってやれ。う、うう……」

稲葉があえぎながらいった。菊江のしなやかな指の中で屹立《きつりつ》した肉根が脈うっている。

磯貝の返事はない。

「――あやつを手のうちに入れておけば、いずれ田沼さまから……いや、ご老中水野出羽守さまから、特段の思し召しがくだされよう。うッ、うう……」

稲葉が襖の外に向かって話している間も、一物をしごく菊江の指はとまらなかった。下腹から峻烈《しゅんれつ》な快感が突きあげてくる。

「磯貝、これは主命だぞ。わしがやれと申しておるのだ。黙ってやればよい」

「ははっ」

返事はそれだけだった。

畳廊下を踏み鳴らして退出する磯貝の足音が、しだいに遠ざかってゆく。

「切れる男だが、融通のきかぬ木石じゃ……」

稲葉は、苦々しくつぶやくと、やおら立ちあがり、

「そろそろまいるぞ。座れ」

菊江を夜具の上に正座させるや、島田髷《まげ》をつかんでおのれの股間に菊江の顔を押しつけた。

「いつものようにやってくれ」

命じられるまま、菊江は痛々しいほど従順にそれをつまんで口にふくんだ。

「うッ、うおーッ」

稲葉は、菊江の口中に一物を出し入れしながら、けだもののような咆哮《ほうこう》をあげた。

宏壮な定火消し屋敷は、定火消御役・稲葉の私邸と、庁舎ともいうべき役宅、火消し人足（ガエン）たちが起臥《きが》する建物、そして六名の組与力と三十名の組同心が居住する長屋とに分かれている。

高山兵庫は、その空き長屋の一つに住まいを与えられていた。

それまでは、ほかの浪人たちと一緒に六畳一間の部屋で寝起きしていたのだが、火盗与力・平岡左兵衛殺害の一件以来、磯貝の兵庫に対するかたくななまでの警戒心もようやく氷解し、特別の処遇をうけて長屋住まいを許されたのである。

燭台の灯りがゆらいでいる。

細々とゆらぐその灯に、うつろな目をやりながら、兵庫は貧乏徳利の酒を口移しに飲んでいた。

玄関の引き戸がかすかに軋《きし》み、人が入ってくる気配がした。

「誰だ？」

兵庫が低く声をかけた。

返事はなかった。燭台のほの暗い光暈《こううん》のなかに、無言の影が忽然《こつぜん》とわき立った。

菊江が憑《つ》かれたような顔で立っている。

ほんのり桜色に上気した顔、鬢《びん》のほつれ毛が妙になまめかしい。稲葉との情事の余韻を生々しくただよわせている。

「菊江か……。どうした？」

「兄上、お願いです」

やおら畳に手をついて、哀願するように兵庫の顔を見た。

「もう、おやめください！」

「何のことだ？」

兵庫が表情のない目でじろりと見返した。

「私、知っています。何もかも知っています」

「………」

「これ以上の非道はおやめください。付け火や押し込みは侍のすることではありません。仕官はあきらめて、すぐにこのお屋敷をお出になってください！」

兵庫の顔が険しく曇った。双眸《そうぼう》の奥に氷のように冷たく剣呑《けんのん》な光がこもっている。

「その話、誰から聞いた？」

「とにかく、一刻もはやくこのお屋敷を！」

「おれが何をしようと、お前には関わりのないことだ」

兵庫が冷然といいはなった。

「いいえ、わたしはそんなつもりで御前さまのお側に上がったのではありません。兄上が武士として立派にお志を……」

「もういい、やめろ！」

一喝するや、兵庫は苛立《いらだ》つように貧乏徳利の酒をぐびりとあおった。

「いまのおれには志などない！」

「兄上――」

「おまえは稲葉備前守に躰を売った。そして、おれは……武士の魂を売った――」

「……………」

「それだけのことだ。おれたちは生きながら地獄に堕ちた。もはやひとかけらの誇りも矜持《きょうじ》もない。汚れるだけ汚れればよいのだ」

「わたしは汚れました。兄上のために汚れたのです。なのに……」

「恩着せがましいことを申すな。備前守のおかげで、おまえとて日々きらびやかに着飾り、うまいものを食し、何不自由なく暮らすことができる。何の不服があるというのだ。それで充分ではないか」

「そのようなことを望んだおぼえは一度もありません。わたしは、ただ……」

「もうよい。おまえの泣き言なぞ聞きたくもない。出ていけ。二度とおれの前に姿をあらわすな」

兵庫が突き放すようにいった。

「兄上……」

見ひらいた目にあふれんばかりの涙をためて、菊江はわなわなと唇を顫《ふる》わせた。

「わかりました。今夜かぎりで兄上とは義絶いたします」

いい捨てるや、逃げるように部屋をとび出した。

がたん。激しく引き戸が閉まる音がした。

——義絶か……。

兵庫の顔にふと虚無的な笑みが泛かんだ。

(恨むなら、父を恨め。一時の情動で家族を地獄の底につき落とした愚かな父を……)

肚《はら》の底でつぶやきながら、貧乏徳利の酒を一気に喉《のど》にながし込んだ。

2

「旦那、高山の旦那……」

男の声に目を醒《さ》ました。

燭台のほの暗い灯りのなかに、ガエンの小頭・松蔵の顔が浮かんでいる。

小半刻も寝込んだか、頭の芯にしびれるような不快な酔いが残っていた。

「松蔵か……」

「磯貝さまがお呼びですぜ」

「どこにいる？」

「役屋敷の詰所で待っておりやす」

「わかった」

松蔵は一礼して、ひらりと出ていった。

（仕事か……？）

兵庫は大小を腰に佩《は》いて、長屋を出た。

役屋敷の長廊下を二、三度曲折した奥に、杉板の遣戸《やりど》が見えた、引きあけて中に入ると、磯貝がひとり、書類に目を通していた。

「お呼びでございますか」

「うむ。ま、茶でも一杯――」

磯貝が火鉢の鉄瓶《てつびん》の湯を急須についで、茶を入れた。

「何か？」

「おぬしに詫《わ》びなければならぬ」

「詫びる？」

「見くびっていたようだ、おぬしを――」

といって、磯貝は薄い笑みを泛かべた。

「恩ある平岡をこともなげに殺すとはな」

「磯貝さまの命令に従っただけです」

「おぬしを試してみたのだ。本当に平岡を殺《や》れるかどうか——」

「そんなことだろうと思いましたよ」

磯貝が弓組を同行させたのは、土壇場で裏切ったり、平岡殺害に失敗した場合に備えての手勢だったのである。

(あのとき失敗《しくじ》っていれば、おれも消されていたにちがいない)

兵庫はそう思ったが、口には出さなかった。

磯貝が言葉をつぐ。

「たしかにおぬしは信用できる。だが……」

「………」

「怖《こわ》い男だ」

兵庫は、湯飲みの茶をぐびりとひと口飲んで、

「話は、それだけですか?」

「御前から仕事を申しつかった。気の乗らぬ仕事だが……やってくれるか?」

「いつですか」

「今夜だ」

磯貝は料紙に筆を走らせ、兵庫にさし出した。

『牛込船河原町・泉州屋』

と、したためてある。

「今夜とは、また急な……」

兵庫はけげんそうに料紙に目を落とした。

「金座の後藤からせっつかれているそうだ。御前の命令には逆らえぬ」

「で、手筈《てはず》は？」

「すでにととのっている。時刻は子《ね》の下刻（午前一時）、松蔵にはそう申し伝えておいた。ご苦労だがやってくれ」

「承知いたしました」

兵庫は、湯飲みに残った茶を飲みほすと、料紙を折り畳んでふところに入れ、

「ごめん」

と一揖《いちゆう》して退出した。

役屋敷から人足部屋につづく渡り廊下にさしかかったときである。兵庫はふと気配を感じて廊下の角に身を隠した。

人足部屋からこっそりと出てくる人影があった。ガエン見習いの丈七である。どことなく挙動がおかしい。

固唾《かたず》を呑んで様子を見ていると、丈七は、四辺にするどい視線をくばって庭におり立ち、小走りに裏門に向かって走り去った。

――何かある。

と看た兵庫は、ひらりと身をひるがえして奔馳《ほんち》した。

月のない暗夜である。

塗りこめたような闇の中を、丈七は必死に走った。しばらく走ると、道はゆるやかな坂になった。紅梅坂――別名、幽霊坂である。

山を切り拓いた坂道には、小さな起伏がいくつもある。その起伏に足をとられ、丈七は何度も転びながら、必死に坂を駆けおりた。

坂を下りきった右手に、樹齢をかさねた大きな梅の老木があった。一気に坂を駆けおりた丈七は、梅の木の陰にまわり込み、根方にどかっと尻を落として、荒い呼吸をととのえた。

――ここまで来れば、もう安心だ。

土まみれの丈七の顔に、ふっと安堵《あんど》感が泛かんだ。

定火消しのガエン（火消し人足）は、非常時にそなえて、原則として夜間の外出は禁止されている。丈七のような見習いや年季の浅い若い衆には、とくに厳しくそれが課せられていた。

七ツ半以降、小頭や部屋頭の監視の目をすり抜けて、火消し屋敷を脱け出すのは、ほとんど不可能といっていい。

丈七は、夕食後のほんの一瞬の隙《すき》をついて、屋敷を脱け出したのである。一か八かの賭《か》けであった。そして、その賭けは奇跡的に成功した。

ややあって、東と西からほぼ同時に五ツの鐘が鳴りはじめた。東は日本橋石町、西は市谷八幡の時の鐘である。

（お菊は来るだろうか？）

丈七は、不安な顔で闇に目をこらした。

今夜の脱出行は、昼間、菊江と示し合わせたことであった。そのとき、一瞬のためらいを見せた菊江に、

「お菊さん、迷うことなんか何もありゃしねえ。思い切っておれについて来てくれ」

語気するどく決断をうながした。

「わたしの心は決まってるわ。でも……」

「何か心配ごとでも？」

「兄にだけは言っておきたいんです」

「それはやめたほうがいい」

「なぜ？」

「引きとめられるに決まってる」

「大丈夫、兄がなんといおうと、わたしの心は変わらないわ」

「本当かい？　本当について来てくれるのかい」

「わたしを信じて……」

「じゃ今夜五ツ、紅梅坂の下の梅の木で落ち合おう」

菊江は、かならず行きます、と約束した。丈七はその言葉を信じて火消し屋敷を脱け出して来たのである。

万一見つかったらガエンたちに手ひどい折檻《せっかん》を受けるに違いない。それを覚悟で一か八かの賭けに出たのだが、菊江が本当に来てくれるかどうか、心のすみに一抹の不安はあった。

その不安はしかし、すぐに吹きとんだ。

五ツの鐘が鳴りやまぬうちに、闇の奥からひたひたと草履の音が聞こえてきたのである。

菊江が裳裾《もすそ》をひるがえして小走りに坂を下りて来た。

「お菊さん！」

声をかけると、菊江は一目散に駆け寄って来た。

「来てくれたんだな。本当に来てくれたんだな」

「丈七さん……！」

菊江が息をはずませながら、丈七の胸にとび込んだ。

「兵庫さんに断って来たのかい？」

「兄とは縁を切りました」

「え？　……」

「あの人は、もうわたしの兄ではありません」

「何かあったのかい？　兵庫さんと」

「もう、いいの。それより急ぎましょう」

「うん」

と背を返した瞬間、ふたりは凍りついたように立ちすくんだ。行く手をはばむように黒影が立ちはだかっている。

「だ、誰だ！」

丈七が二、三歩退がって誰何《すいか》した。

「ふふふ、そういうことだったか……」

低い声がした。

「兄上ッ」

黒影は、兵庫だった。

「た、高山の旦那――」

「菊江に妙な知恵を吹きこんだのは、貴様か」

「だ、旦那、お願いです。見逃しておくんなさい。お、おれは、かならず……」

「かならず、何だ？」

「お菊さんを、いや菊江さんをかならず仕合わせにしてみせます」

「仕合わせだと？　貴様ごときに何ができる。菊江はいまのままで充分仕合わせなんだ」

「兄上……、いえ、あなたは兄ではありません。もう他人です。わたしたちのことはほっておいてください！」

「他人だからこそ、ほってはおけぬのだ」

「えっ」

「丈七は下郎のぶんざいで主人の女に手を出した。許されぬ不義不忠だ」

いうなり、兵庫は刀を鞘走《さやばし》った。

「うわッ」

抜きうちの一閃《いっせん》が下から逆袈裟《ぎゃくげさ》に丈七の躰を薙《な》いだ。血潮を噴き散らして、丈七は仰向けにころがった。

「丈七さんッ！」

「菊江、おまえも同罪だ」

兵庫が刀を上段にふりかぶった。

「わ、わたしを……斬《き》るというのですか！」

「斬る」

冷然といいはなち、刀をふりおろそうとした瞬間、

「逃げろ！　お菊さん、逃げるんだ！」

丈七が地面を這《は》いながら叫んだ。その声に突き押されるように、菊江は身をひるがえした。

「待て！」

追おうとする兵庫の足に突然重みがかかった。見ると、丈七が必死の形相で足にすがりついている。

「おのれ」

兵庫はとっさに小柄をぬいて、走り去る菊江の背中目がけて投げつけた。闇の向こうで菊江の躰がぐらりと泳ぐのがおぼろげに見えた。

兵庫は、刀を逆手に持ち替えるや、必死の形相で足にしがみついている丈七の背中に、杭《くい》を打ちこむように垂直に突きたてた。ほとんど声も発せず丈七は絶命した。

菊江の姿は闇の彼方に消えていたが、兵庫は追わなかった。小柄の手応えはたしかにあった。そう長い命ではないだろう。

――おれの知らぬところで野たれ死にするがいい……。

実の妹をおのれの手で殺したのである。さすがに死骸《しがい》だけは見たくないという、一抹の後ろめたさが兵庫の胸の底にあった。

刃の血しずくをふり払って鞘におさめると、兵庫は何事もなかったように平然と立ち去った。

3

『百化けの歌次』は、六ツごろ張り込みを切りあげ、広小路のそば屋で盛りそばと冷や酒で腹ごしらえをしたあと、近所の湯屋で湯を浴びて、二階座敷でごろ寝を決めこんだ。

(いけねえ、いけねえ。すっかり寝すごしちまった)

半刻ほど仮眠をとるつもりだったのだが、気がついたら一刻ちかくも寝込んでしまった。

(急がなきゃ……)

志乃と連絡《つなぎ》をとり合うのは、六ツ半と決めていた。その時刻はとうにすぎている。きっと志乃も心配しているだろう。何か不測の事態でも起きたのではないかと、やきもきしているにちがいない。そう思って歌次郎は小走りに『きさらぎ』に向かっていた。

雉子町の辻角にさしかかったときである。

ふいに闇の中から泳ぐように人影がとび出して来た。息を呑んで立ちすくむ歌次郎の足元に、人影がぐらりと倒れこんだ。

若い武家風の女――菊江である。

「ど、どうしたい！」

抱え起こして、歌次郎はさらに仰天した。手のひらにべったりと血がついている。見ると、女の背中に深々と小柄が突き刺さっていた。

「お、おい！　しっかりしろ」

菊江がうっすらと目をあけた。血の気を失った蒼白《そうはく》な顔、両眼の瞳孔もひらいている。何か言おうと必死に口を動かしているのだが、言葉にならない。

「弱っちまったな」

助けを求めようにも、あたりに人影はなかった。仕方なく歌次郎は饅頭笠をぬぎ捨てて、菊江の躰を背負いあげた。

半丁も歩かぬうちに、『きさらぎ』の軒行燈《のきあんどん》の灯りが見えた。ちょうどその時、格子戸が開いて、志乃が姿をあらわした。歌次郎の身を心配して、様子を見に出てきたのである。

「歌さん」

志乃はすぐに気づいて、小走りに駆けつけて来、背中の菊江を見やって、

「どうしたの！」

「怪我人だ。背中に小柄が刺さっている。どこか介抱する場所はねえかい」

「お店に運びこむわけにはいかないし……半丁ばかり行ったところに番屋があるけど」

「よし」

歌次郎は、背中にまわした手で、よいしょと菊江の躰を背負いなおして歩き出した。うしろから志乃が心配そうについて来て、

「ひどい血……大丈夫かしら？」

「まだ息はある」

歌次郎の背中に、消えいりそうな菊江の鼓動があった。躰もまだ温かい。

ほどなく自身番屋についた。土間に一歩踏みこむと、小柄な中年の番太郎が不審げに二人を見やって、

「どうなさった？」

「怪我人だ。誰かに小柄で刺されたようだ。奥を借りるぜ」

「へ、へい」

奥に三畳の畳敷きがある。志乃が先に上がって座蒲団をならべ、その上に菊江をうつ伏せに寝かせる。背中には小柄が突き立ったままである。

「これ……」

志乃が菊江の背中の小柄を指さし、抜いたらどうかと歌次郎に訊《き》いた。

「いや」と歌次郎は首をふった。小柄はほとんど柄元まで突き刺さっている。傷は心の臓に達しているだろう。とすれば、抜いた瞬間に菊江は絶命する。

「けど……」

歌次郎が志乃の耳元に口を寄せて、小声でささやいた。

「どっちみち、そう長くはねえ命だ」

「そんな……」

見るからに実直そうな番太郎が、すぐ医者を呼んでまいります、といって番屋をとび出していった。

そのとき、意識をとり戻した菊江が、かすかな声を発した。

「え、なに？」

と志乃が顔を近づける。

「た、高山……兵庫を……」

「高山兵庫？」

「殺して……ください」

菊江が蚊の鳴くような弱々しい声でそういった。思わず志乃と歌次郎は顔を見交わした。「殺してくれ」とはおだやかではない。一瞬、聞き間違いかと思ったが……。

「あ、あの男は……人殺しです……丈七さんの……仇を討ってください……殺してください」

息も絶え絶えに、しかし今度は、はっきり聞きとれる声で「殺してくれ」といった。

「誰なの？　高山兵庫って」

「わたしの……兄だった男です」

「兄さん！」

「――だった人？」

歌次郎と志乃が同時に訊きかえした。が、それっきり菊江の応えは返ってこなかった。見ひらいた両眼を虚空にすえたまま、菊江は事切れていた。

「し、死んだわ！」

「若い身空でかわいそうに……」

歌次郎が、そっとまぶたを閉じてやり、菊江の遺体に合掌した。妙なところで雲水姿が役に立ったものである。

「どうする？」

志乃が困惑するように訊いた。

「ずらかろう。仏さんはさっきの番太郎が始末してくれるさ」

「怪しまれないかしら？　あたしたち」

「怪しい奴なら、はなからこんな厄介なものを番屋に担ぎ込んだりはしねえよ」

「それもそうね……」

二人はうなずき合って、一目散に番屋をとび出した。

志乃は、一度『きさらぎ』に戻り、帰り支度をすませてから『風月庵』に向かうという。

4

四半刻後――。

歌次郎からその話を聞いて、

「高山兵庫？」

幻十郎の目がぎらりと炯《ひか》った。

「へえ。その娘、妙なことをいっておりやしたよ。高山兵庫って男は自分の兄だったと……」

「兄？　そうか……」

幻十郎の脳裡に、半月ほど前の夜の出来事がちらっとよぎった。破落戸《ごろつき》どもに追われている若い娘の姿である。

幻十郎が助けようとしたとき、背後から引きとめた浪人者がいた。その浪人者が高山兵庫である。

「あの男の妹か……」

「旦那、ご存じなんで？」

「ああ、二度ばかり会っている」

え？　と歌次郎が意外そうに幻十郎の顔を見た。

二度目に兵庫に会ったのは、神田小川町の紅梅坂の下だった。定火消しのガエン・浅吉が斬り殺された現場で、偶然再会したのである。

そのとき兵庫は、浅吉を無礼討ちにしたといったが、幻十郎はその嘘《うそ》を見ぬいていた。浅吉は明らかに兵庫に口を封じられたのである。

幻十郎は知らないが、実は、その後も兵庫とは二度会っているのである。いや、会うというより、姿を見られているのである。

一度は、日本橋の両替商『大黒屋』が『夜鴉《よがらす》』一味に襲われた直後、中ノ橋の船着場付近で三人の覆面の浪人と斬り合っていた田所誠之助を助けたときである。覆面の浪人のひとりが高山兵庫だった。

二度目は、上野池之端の妾宅《しょうたく》で火盗与力・平岡左兵衛が情婦もろとも惨殺されたときだった。

弓矢の襲撃からかろうじて逃れ、闇の彼方に走り去る幻十郎を、付近の物陰から兵庫が見送っていたのである。

——もしや……。

そのとき、兵庫の脳裡によぎるものがあった。数日前に磯貝新三郎から、松平楽翁の手の者がひそかに探索に動いている、くれぐれも慎重にやってくれ、と申しわたされていたからである。

——あの男が楽翁の手の者か。

とすれば、いずれ刀をまじえるときが来るだろう。その機会がくれば、今度はかならず倒す。倒せば大きな手柄功名になり、仕官の道につながる。

あの夜以来、幻十郎は兵庫の野望の標的になっていたのである。

「あ、来やしたよ」

ふいに歌次郎が顔をあげた。同時に廊下に足音がひびき、

「今晩は」

と志乃が入って来た。

「聞きました？」

幻十郎の前に腰をおろすや、志乃がいきなり切り出した。菊江の一件である。

「ああ」

幻十郎がうなずくと、

「それにしても妙だとは思いませんか？」

志乃が畳みこむように問いかけてくる。

「何が」

「あの娘、高山兵庫って人を〝兄だった〟といってましたけど……〝だった〟って言い方はどう考えてもおかしいですよ」

「兄妹の縁を切ったということも考えられるが――」

「とすれば、よほどのことがあったんでしょうねえ。いまわのきわに殺してくれっていうぐらいだから……」

「ほかに何か変わった動きはなかったか？」

幻十郎が訊いた。

「あ、そうそう、お店を出るとき、磯貝が入って来たわ」

「磯貝?」

「めずらしく、ひとりで——」

志乃が帰り支度をすませて『きさらぎ』を出ようとしたとき、磯貝新三郎がふらりと入って来て、

「なんだ、もう帰るのか?」

と、うろんな目で訊いた。

「ええ。どうぞ、ごゆるりと」

「愛想のない女だな。一杯ぐらい酌をしていけ」

むりやり志乃の手をとって卓の前に座らせた。女将《おかみ》のお浜が板場で目くばせをしながら、ごめんと手を合わせている。

仕方なく、二、三杯、酒の相手をして、適当にあしらって帰って来たという。

「ひとりだったんだな?」

「ええ、いつもは必ず誰かと一緒なんですけど——」

(おあつらえむきだ……)

幻十郎の目が炯った。

辰吉の自供で田所殺害を指示したのが磯貝であることはわかった。この機会を逃し

たら、田所の仇を討つ機会がいつ訪れるかわからない。殺《や》るなら今だ。

殺気立った幻十郎の顔をみて、志乃が思わず息を呑んだ。するどく吊りあがった両眼に野獣のような光がたぎっている。

「殺るんですか？」

「田所さんの仇討ちだ」

幻十郎は差料をひろって立ち上がり、

「おれは磯貝の顔を知らねえ。一緒に来てくれ」

志乃をうながした。

「は、はい」


武家社会では、主人は家来を選ぶことができるが、家来は主人を選ぶことができない。

世襲制の功罪がそこにあった。主人の賢愚が家来の運命の分かれ道になるのである。

その意味で、磯貝新三郎は不運な男であった。若いころは昌平黌《しょうへいこう》で一、二の俊才といわれ、剣の腕も立った。文字通り文武両道に秀でた逸材であった。

二十歳《はたち》のとき、病没した父親の跡をついで、御先手組弓組、すなわち定火消御役の与力になった。八十俵高、御譜代席の旗本である。

前途洋々たる人生の船出であった。周囲にも嘱望されていた。努力しだいでは加禄《かろく》昇進も夢ではない。

ところが勤続十年にして、その夢は無残にもついえ去った。暗愚な主人・稲葉備前守に仕えたばかりに、天下の大罪ともいうべき「付け火・押し込み」の指揮をとらされ、あげくは証拠湮滅《いんめつ》、証人密殺という汚れ役まで押しつけられた。

つい数日前までは、愚昧《ぐまい》な備前守に苟合《こうごう》してしまったおのれ自身に腹も立ったが、いまはもう怒りも悲しみもない。あるのは諦念《ていねん》だけだった。

――こうなったら落ちるところまで落ちてやる。

磯貝は自棄的に酒を飲んでいた。

「おい女将、酒だ、酒だ」

三本目の銚子があいた。

「まあまあ、磯貝さま、今夜はめずらしくきこしめして……。ほどほどにしておいたほうがようございますよ」

女将のお浜がなだめるようにいう。

「いいから、酒を持って来い」

「どうなさったんですか？　お役所で何か嫌なことでも」

「嫌なことは毎日のようにある」

「奥方さまがご心配なさります。今夜はもうお帰りになったほうがよろしいかと」

お浜がそういうと、磯貝は急にしゅんとなり、

「わかった。では帰る」

酒代をおいて、ふらりと出ていった。

磯貝は定火消し屋敷の長屋に妻の綾とふたりで暮らしている。結婚して七年になるが、子はなかった。

妻の綾は、先手組鉄砲組の与力の娘である。世間知らずのおっとりした女で、磯貝を心の底から愛し、信じていた。

磯貝は、綾にだけは「仕事」の話はしなかった。というより出来なかった。綾を悲しませたくなかったからである。

妻を欺いている、という後ろめたさが磯貝にはあった。それが何よりもつらく、苦しい。その苦しみから逃れるために、外で酒を飲む。つらい酒であった。

紅梅坂の下にさしかかったときである。

酔ってぼやけた磯貝の視界に、幽霊のように惘《ぼう》とした人影が浮かびあがった。

「だ、誰だ？」

眉宇《びう》をよせて闇に酔眼をすえた。

「あたしですよ」

すっと歩み寄ってきたのは、志乃だった。

「なんだ、おまえか……」

「ねえ旦那、あたしにだけ聞かせてもらえませんかね？」

志乃が婉然《えんぜん》と笑みを泛かべてにじり寄る。

「何をだ？」

「付け火、押し込みのこと」

「な、なにッ」

思わず磯貝は身構えた。

「お、おまえ、ただの酌婦ではあるまい。何者だ？」

「人殺し」

「ば、ばかな！　下らん冗談をいうな！」

「冗談ではない」

突然、背後で声がした。

驚いてふり向くと、いつの間にか鬼のような形相の浪人者が懐手で立っていた。

「き、貴様は！」

「死神幻十郎……。おまえさんの命をもらいに来た」

磯貝が抜刀した。幻十郎は抜かない。懐手のままである。

「おのれッ」

磯貝が上段から猛然と斬り下げる。切っ先が空を切った。間一髪、それを見切って、幻十郎が抜きうちの一閃をはなった。

「わッ」

磯貝の手首が刀を持ったまま截断《せつだん》され、血しぶきを噴いて宙に飛んだ。磯貝は左手で傷口をおさえ、片膝をついた。信じられぬ顔で手首を失った右手を見ている。

その鼻面に幻十郎が刃を突きつけた。

「付け火、押し込みは誰の差し金だ?」

「うっ、ううう……」

磯貝は必死に激痛に堪えている。

「次は左手が飛ぶぞ」

「き、金座の後藤三右衛門だ」

「若年寄の田沼は関わりないのか?」

「き、貴様、どうせ、おれを殺すつもりだろう」

「命乞いか——」

「見くびるな」

意外にも、磯貝の顔には笑みが泛かんでいた。開きなおった感じの笑みである。

「おれは死ぬのを怕《こわ》がっているのではない。その逆だ」

「逆？」

「これでやっと楽になれる。ついでに何もかも話してやろう」

5

「田沼は関わりない。あの人は金座の後藤に金と手柄をもらっているだけだ。後藤三右衛門は、両替屋から奪った金を吹き替えて巨利を得ている。後藤が一番の悪党だ」

「定火消しの稲葉備前守は？」

「…………」

　磯貝は截断された手首の痛みに堪えかねて、しばらく沈黙したが、

「――二番目の悪党だ。後藤に金と女で抱きこまれた」

　喘《あえ》ぐようにいった。傷口をおさえた指の間から、鮮血がだらだらと滴り落ちている。

「高山兵庫という浪人者が押し込みの頭か？」

「よく知ってるな……そうか、松平楽翁の密偵というのは貴様か」

「聞かれたことに応えろ」

「あいつは三番目の悪党だ。妹を備前守に売った。仕官のためには何でもやる男だ」

「その妹は死にましたよ」

志乃は冷ややかにいった。

「兵庫から聞いた……妹を殺したのは、あいつだ」

「えっ」

「妹の菊江は若いガエンと駆け落ちしようとした。それでガエンもろともに殺したと、手柄顔でおれにそう報告した。あいつはそういう男だ」

「実の妹を自分の手で……！」

志乃は愕然《がくぜん》と息を呑んだ。菊江が息を引きとる直前、丈七さんの仇を討ってくれといったのは、そのことだったのか。

「もう一つ訊く」

幻十郎が問いつめる。

「南町同心・田所誠之助を殺させたのも、貴様か？」

「そうだ……。直接手を下したのは高山兵庫だ。火盗与力の平岡を殺させたのもおれだ。備前守を守るためではない。おれ自身を守るためにな……。ついでにもう一つ教えてやろう。今夜子《ね》の下刻、牛込船河原町の両替屋『泉州屋』を襲うことになっている」

「今夜？」

「おれの知っていることはすべて話した。さ、殺してくれ。手の痛みに堪えられん。ひと思いにやってくれ」

幻十郎が哀れむような目で磯貝を射すくめた。

「こうなる前になぜ上訴しなかった？　公儀にも話のわかる人間がひとりや二人いるはずだ」

「貴様ごとき素浪人におれの気持ちがわかってたまるか。つべこべいわず――」

いいおわらぬうちに、幻十郎の刀が瞬息の迅さで横一閃《いっせん》に奔《はし》った。おびただしい血潮とともに、ごろんと磯貝の首が地面にころがった。

苦しませぬための一刀斬りであった。

高山兵庫は、牛込見附のあたりを歩いていた。もうじき子の下刻（午前一時）になろうかという時刻である。

行く手の闇に、見附が見えた。神楽坂と外濠《そとぼり》をへだてて立つ牛込御門である。

江戸城には三十六見附の門があるといわれているが、実際には百ちかい数の城門があった。牛込御門もその一つである。

見附番所には、鉄砲五挺《ちょう》、弓三張、長柄五筋、持筒二挺、持弓一組が常備され、番士三人が詰めている。

三十六見附の門は、明け六ツ（午前六時）に開かれ、暮れ六ツ（午後六時）には閉ざされる。牛込御門もひっそりと閉ざされていた。

濠端の通りに人影はなかった。蒼白い星明りが兵庫の孤影を浮き彫りにしている。

すでに二人の浪人と、小頭の松蔵、その配下のガエンたちは、襲撃現場の配置についているころであった。兵庫の到着を待って火の手が上がる手はずになっていた。

そのころ――。

船河原町の路地を、音もなく走る人影があった。ガエンの小頭・松蔵である。

松蔵は商家の裏手とおぼしき高塀に身をよせて、ふところから数枚の紙をとり出した。燈油をたっぷりしみこませた懐紙である。

高塀に囲まれたその商家は、牛込一といわれる両替商『泉州屋』であった。裏木戸ちかくに空《から》の俵が積んである。それに火をかければ、間違いなく大火事になる。

松蔵は、火打ち石を切って、燈油紙に火をつけた。刹那《せつな》、背後にぬっと黒影がわき立った。

気配に気づいてふり向いた松蔵の目に、一閃の光が奔った。

「わッ」

瞬息の袈裟がけである。頸《けい》動脈を断ち切られた松蔵は、一面に鮮血をまき散らしながら地面をころがり、呆気《あっけ》なく事切れた。

鍔《つば》鳴りとともに影はひらりと身をひるがえして闇の彼方に姿を消した。

別の路地を足早にくる人影があった。高山兵庫である。そろそろ『泉州屋』の裏手から火の手が上がる頃合いだった。

二人の浪人者と四人のガエン、千両箱を積みこむための大八車が路地角の闇だまりに待機している――はずだったが、その影が見当たらない。

兵庫は不審な顔で足をとめ、闇に目をすえた。大八車はたしかにある。だが、人の気配はまったくなかった。

（妙だな……？）

一歩ふみ出したとき、前方の闇がちらっと動いた。

「誰だ……？」

兵庫が低く、声をかけた。

応答がない。兵庫の五感がとっさに異変を看取した。刀をぬいて身構える。

「高山兵庫か？」

闇の向こうで、陰にこもった声がした。

「だ、誰だ」

返事はなかった。星明りの中に無言の影がうっそりと立った。

「き、貴様は……！」

幻十郎である。

「仲間は死んだぜ」

「なにッ」

よく見ると、路地のあちこちに黒々と横たわるものがあった。二人の浪人と四人のガエンたちの死骸である。

「おれが斬った」

「やはり……」

と兵庫が凄《すご》い目で射すくめた。

「貴様、松平楽翁の刺客だったか」

「仕事料はもらっている。だが、楽翁の刺客ではない」

「いまさらしらを切るな。いつか貴様とはこうなると思っていた」

「おれもそう思っていた」

「神沼とかいったな？」

「それは偽名だ。本名は死神……死神幻十郎――」

「ふざけた名だ。おれの命をいくらで請け負った？」

「おまえさんは仕事のうちに入らぬ。南町同心・田所誠之助の仇討ちだ」

「ふふふ、おれを討てると思うか」

薄い笑みをきざんで、兵庫が八双に刀を構えた。かなりの腕と見えた。構えに一分の隙もない。道場で身につけた型通りの剣であった。幻十郎には、すぐにそれとわかった。

隙のない構えというのは、相手に隙を与えないということであり、そのためにおのれをもその枠の中に閉じ込めてしまう。つまり、攻撃する隙もないということである。その読み通り、兵庫は仕掛けて来なかった。

しゃっ。

幻十郎が抜刀した。びくんと兵庫の躰が敏感に反応した。案の定、幻十郎が仕掛けてくるのを待っていたのである。

幻十郎は刀を上段にふりかぶり、地を蹴《け》って斬り込んだ。兵庫が右八双の構えから、目にもとまらぬ迅《はや》さで左ななめに斬り下げた。が、幻十郎の姿はそこにはなかった。切っ先がむなしく空を切っていた。

正面から斬り込むと見せかけて、幻十郎は左に跳んだのである。つまり兵庫が斬り下げた方向と逆のほうに跳んだのだ。

兵庫は狼狽《ろうばい》し、すぐさま右に向きなおった。一瞬、片膝をついて身を沈めた幻十郎が、下から逆袈裟に刀を薙ぎあげた。

腹の肉を裂く音と肋《あばら》を断つ音が、同時にひびいた。兵庫の着物の裂け目から、血まみれの内臓と白い肋骨がのぞいていた。

寸秒、兵庫の動きが静止した。蒼白な顔にふっと笑みが泛かんだ。いや、泛かんだように幻十郎には見えた。

次の瞬間、ドッと音を立てて兵庫の躰が前のめりに倒れた。呆気ない死であった。

刃の血脂を懐紙でぬぐって鞘におさめ、幻十郎はゆっくり踵《きびす》を返した。

第八章　逆襲

1

幻十郎は、志乃の裸身を抱いていた。

質屋『井筒屋』の離れの一室である。

牛込船河原町で高山兵庫を斬って、『風月庵』にもどる途中、神田堀に架かる地蔵橋のたもとで志乃に会ったのだ。

偶然の出会いではない。志乃がそこで待ち受けていたのである。

おびただしい返り血をあび、幽鬼のような姿でもどって来た幻十郎を見て、志乃が着物の血を洗ってあげるからと自宅に誘ったのである。

着物が乾くまで、幻十郎は志乃の羽織をはおって、酒を飲んでいた。羽織の下は下帯ひとつである。

差し向かいで酒を飲んでいるうちに、どちらからともなくその気になって、気がついたらいつの間にか二人は躰を重ねていた。

この一年、幻十郎は志乃以外の女を抱いたことがなかった。抱きたいとも思わなかった。ほかの女にはない何かが志乃にはある。言葉ではいい表されないその何かが、幻十郎を快楽の虜《とりこ》にした。

それは志乃も同じであった。幻十郎に抱かれるたびに、志乃は狂い死にするほどの峻烈な快感を覚えた。

その瞬間は、女としてのつつしみも羞恥心《しゅうち》も忘れて、快楽に没頭することができた。肌が合うとはまさにこういうことであろうか。

仰向けの幻十郎の股間に顔をうずめて、志乃は屹立した一物を舌先で愛撫している。やがて幻十郎は、志乃の躰をやさしく横臥させ、一方の脚を高々と抱えあげて肩にのせた。

あられもなく片脚開きになった志乃の股間に、しっとり濡《ぬ》れた薄桃色の花芯が見える。幻十郎はそり返った一物を指でつまんで、ゆっくり花芯に挿入した。

「あ、ああ……」

志乃が喘ぎ声をもらす。幻十郎は腰をふりながら、両手を志乃の胸乳《むなち》にのばし、白く、豊満な乳房をもみしだいた。もみながら乳首をつまむ。先端がつんと立ってくる。

乳暈《にゅううん》が紅潮してくる。

幻十郎が徐々に腰を強く、そして激しく律動させる。志乃はいやいやをするように首をふって喜悦の声をあげる。からみ合った二人の裸身は水を浴びたように汗まみれである。

「あーっ」

叫声とともに、志乃が大きく躰をのけぞらせて昇天した。幻十郎も同時に果てた。弛緩した志乃の躰におおいかぶさり、幻十郎は激しく肩で息をついた。何かに憑《つ》かれたように、二人は何度も睦《むつ》み合った。

障子に白々と朝の陽差しが映えている。


昨夜洗った着物はすっかり乾いていた。

幻十郎は身支度をととのえて、茶を飲んでいた。台所で志乃が朝餉《あさげ》の支度をしている。

しばらくして、

「出来ましたよ」

と志乃が箱膳を運んできた。味噌汁《みそしる》に佃煮《つくだに》、香の物だけの簡単な朝食である。ふたりは膳をはさんで向かい合った。情事の余韻が残っているせいか、まだ肌が火照《ほて》っている。

「で……」志乃がふと箸《はし》をとめて幻十郎を見た。

「これからどうするんですか？」

「磯貝の話で大筋は読めた。金座の後藤と定火消しの稲葉備前守、今度の事件の黒幕はこのふたりと見ていいだろう」

「妙な話ですねえ」

志乃が虚ろな笑みを泛かべた。

「何が？」

「死神の旦那が世直しをするなんて……」

「世直しをしてるのは楽翁だ。おれは金で仕事を請け負ってるだけさ」

「本当にそれだけ？」

「ほかに何がある」

「で……。いつ殺《や》るんですか？」

幻十郎は応えず、思案げに宙を見つめて、

「一つだけ腑におちぬことがある」

「どんなこと？」

「いくら金目当てとはいえ、付け火、押し込みというのは、どうも話が乱暴すぎる。

磯貝は金座の後藤が一番の悪党だといっていたが、その悪党と若年寄の田沼や老中の水野がどう関わっていたか、そこのところがまだ見えて来ねえ」

「つまり、お金以外に何かべつの企みがあるってこと？」

「いま思い出したんだが、南町の田所さんは、むかしから几帳面な人だった。自分の足で稼いだ情報《ネタ》は委細もれなく自前の探索控えに書きしるしていた。ひょっとしたら夜鴉一味に関する情報も書き残しておいたかもしれぬ」

「そこに何か手掛かりでも？」

「とにかく、田所さんの女房に当たってみるさ」

志乃が手をさし出した。まるで世話女房のような甲斐甲斐《かいがい》しさである。

「そう……お代わりは？」

「いや、もう充分だ」

幻十郎は茶をひと口すすると、差料をつかんで腰をあげた。

田所誠之助には家督をつぐ息子がいなかった。ひとり娘の千代は十一歳、養子を迎えるにはまだ早い。家督をつぐ者がいなければ、家は断絶になる。それがこの時代の武家社会の定法であった。

田所が死んだことで、田所家は家名断絶となり、妻の佐和と娘の千代は、八丁堀の同心組屋敷を出なければならぬ羽目に陥った。

同心組屋敷は、幕府から拝領した、いわば官舎である。

下級の幕臣の官舎を管理するのは明屋敷番伊賀之者たちである。不祥事による改易、もしくは継嗣が途絶えて絶家になった場合、彼らは即座に、そして情け容赦もなく拝領屋敷の明け渡しをせまる。

田所の妻・佐和と娘の千代も例外ではなかった。八丁堀の組屋敷を追い立てられたふたりは、日本橋本石三丁目の裏長屋に居を移し、手内職で細々と生計をたてながら、母娘ふたりでつつましく暮らしていた。

「ごめん」

腰高障子があいて、突然三和土《たたき》に立った異相の浪人者の姿を見て、佐和は不審げに眉をよせた。

「失礼ですが、どちらさまでしょうか?」

「南町奉行所隠密同心・神沼源次郎と申します」

異相の浪人者――幻十郎は、そう名乗った。隠密同心は、その役目柄さまざまな姿に身をやつして秘密の探索任務に従事している。奉行所内でもほとんどその実態は知られていない。

だから佐和も疑わなかった。

「お亡くなりになった田所さんとは、ある事件の探索でひそかに連絡《つなぎ》をとり合っていたのですが――」

「そうですか……。あ、むさ苦しいところですが、どうぞお上がりくださいませ」

佐和が丁重にそういって、幻十郎を部屋に招じいれた。

部屋のすみの古簞笥《ふるだんす》のうえに、真新しい白木の位牌があった。

幻十郎は位牌に手を合わせて、

「心からお悔やみ申しあげます」

「ご丁寧にありがとう存じます」

「じつは……」

佐和がいれた茶をすすりながら、幻十郎が話を切り出した。

「その事件に関して田所さんが何か書き残したものでもあれば、ぜひ拝見したいと思いまして」

「書き残したもの……？」

「たとえば、探索控えのような――」

「少々お待ちくださいませ」

佐和は、部屋の奥から塗りのはげた文箱を持ってきた。書状や書類がぎっしり詰まっている。その中に半紙を二つ折りにして糸で綴《つづ》った帳面があった。表紙に手書きで

『探索控』とある。

「これでございましょうか？」

佐和が差し出した。

幻十郎は受け取って手早く頁をめくり、

「できれば、しばらくお借りしたいのですが」

「ええ、結構でございます」


『風月庵』にもどると、幻十郎は、探索控えにびっしり書き記された文字のなかから、『夜鴉』に襲われた両替商の名とその被害金額をひろいあげて、料紙に写しとった。


〈文政六年十二月二十五日。麴町三丁目、『大島屋』、元文金四千両〉

他、三軒。計二万三千両。

〈文政七年、二月朔日。内神田三河町一丁目、『石田屋』、元文金二千両〉

他、三軒。計一万五千両。

〈同年、二月八日。南新堀三丁目、『岩代屋』、元文金五千両〉

他、二軒。計一万三千両。

〈同年、四月晦日。日本橋伊勢町、『大黒屋』、元文金六千両〉

以上が田所の『探索控』から書き写した〝被害状況〟のすべてである。

2

『浴恩園《よくおんえん》』の茶室で、楽翁が見事な茶筅《ちゃせん》さばきで茶を点じていた。その前に市田孫兵衛が神妙な顔で正座している。

（さて、いかようなお応えが返ってくるやら……）

孫兵衛の目が落ちつかない。指先で膝頭を軽く叩きながら、ちらりちらりと楽翁の顔をうかがっている。

「どうした？」

楽翁がふと顔をあげて孫兵衛を見た。

「い、いえ……」

「そちもせっかちな男よのう」

「は？」

「まずは茶を飲んで心を鎮めよ」

と、黒天目《てんもく》茶碗をさし出した。

「頂戴《ちょうだい》いたします」

うやうやしく茶碗を受けとり、作法どおりに飲み、

「結構なお点前にございます」

孫兵衛は深々と頭を下げた。

「さて——」

従容《しょうよう》たる挙措で、楽翁が膝元においた料紙を手にした。幻十郎が書き写した例の紙である。楽翁がどんな反応を示すか、孫兵衛は気が気ではない。

「よう、ここまで調べあげたのう。死神は……」

「ははっ」

孫兵衛の顔に安堵の笑みが泛かんだ。

「孫兵衛、これで見えてきたぞ。出羽の企みがな」

「と申されますと？」

「付け火、押し込み一味が強奪した金は、ざっと数えて五万一千両。途方もなく巨額の金じゃ」

この金額を、現在の貨幣価値に換算するのは、正直いってむずかしい。一般的には当時の米価と現代の米価を比較して換算する方法がとられているが、厳密にいえば、これも正確とはいえない。その時代時代の金銀のレート差、奉公人や職人の給金、家

賃や諸物価との関連などで、大きな誤差が生じるからである。

わかりやすい例を一つあげれば――。

江戸城内で絶大な権力をふるい、日々、贅沢《ぜいたく》三昧の暮らしをしていた将軍のハーレム、すなわち大奥の年間総予算は、およそ二十万両であった。

とすれば、『夜鴉』一味が荒稼ぎした五万一千両は、大奥の年間予算の四分の一強ということになる。しかも、これは『夜鴉』が半年足らずの間に稼ぎ出した金額なのである。

この例をみても、『夜鴉』による被害金額がいかに巨額であったかわかるであろう。

「しかも……」

楽翁が語気をつよめた。

「この五万一千両はすべて旧貨の元文金《げんぶん》じゃ」

「ははあ」

と、うなずいたものの、孫兵衛にはその意味がよくわからない。

「つまり、押し込みのねらいの一つは、ここにあったのじゃ」

楽翁がつづける。

老中首座・水野出羽守の無為無策の放漫政治によって、幕府の財政は危機的状況に陥っていた。その再建策――というより、当面の弥縫策《びほうさく》として打ち出されたのが、貨幣の吹き増し（改鋳）であった。

早い話が、旧貨を改鋳して、金銀の品位（含有率）を落とし、貨幣を水増しするという、まことに安易な金融政策である。

その結果、前述したように、銀建ての上方との間にレート差が生じて、金相場が大きく下落した。

しかも新貨と旧貨を交換するさいの割り増し（増歩）をつけなかったので、改鋳した新貨は一向に市中に出まわらなかった。

利にさとい両替商たちが、新旧貨幣の交換をしぶり、品位の高い旧貨をひそかに蓄蔵するという対抗手段に出たからである。

分一金《ぶいちきん》（手数料）目当てに貨幣の吹き増しを献策した金座の後藤三右衛門と、それを受け入れた水野出羽守の思惑は大きくはずれ、新旧貨幣の引き替え交換は遅々として進まなかった——ばかりか、金相場は下落の一途をたどり、諸物価は急騰、ますますインフレに拍車がかかって、さらに幕府の財政を圧迫しはじめた。

そこで後藤三右衛門が考えだした窮余の一策が「付け火、押し込み」だったのである。

火事のどさくさにまぎれて、江戸市中のめぼしい両替商を襲撃し、土蔵に蓄蔵した巨額の旧貨を強奪、それを金座に運びこませて新貨に吹き替えるという強行手段である。

この非合法手段には、ほかに二つのねらいがあった。

この時代、経済の中心は上方にあり、大坂は遠近諸国の物資の集散地として、「大坂衰微すれば、天下の衰微、実に大坂は天府の国也」

といわれるほどの経済力を誇っていた。

これに対して江戸は人口百万を擁する最大の消費都市であり、その最大規模の消費が「江戸の華」といわれた火事であった。

大火災が発生するたびに諸国の物資や、人や、金が江戸に流れこみ、街衢《がいく》も人口も「焼け太り」的に膨脹しながら、江戸という巨大都市が形成されていったのは歴史が示すとおりである。

金座の後藤三右衛門のねらいは、まさにそこにあった。火事という破壊的「大消費」によって、一挙にインフレを解消させ、吹き増しした新貨の流通を促進させようと謀ったのである。

さらに三右衛門は、火災によって焼失廃業した両替商の組合株を、喉《のど》から手が出るほど欲しがっている商人たちに斡旋《あっせん》仲介することで、多額の手数料をせしめようと企んだ。

「つまり、金座の後藤のふところには二重三重に金がころがり込む仕組みになっておったのじゃ」

楽翁が苦々しげにいって、二枚目の料紙に目を落とした。

それには、

『金座御金 改 役《おかねあらためやく》・後藤三右衛門光亨《みつのり》ならびに定火消御役・稲葉備前守正弘。以上二名の者の命、夫々金三十両にて御買取り願いたく候。死神幻十郎』

と、したためてある。

「獲物はこの二人か？」

「はっ。定火消役の稲葉備前守は、配下のガエンや無頼の浪人どもに付け火、押し込みをさせていたとの由。備前どのは上さま（将軍家斉《いえなり》）に優るとも劣らぬ漁色家だと聞きおよびます。おそらく金と女で後藤に抱き込まれたのではないかと――」

「浅ましい男じゃ……孫兵衛」

「はい」

「これに田沼玄蕃《げんば》の名がないところを見ると、どうやら玄蕃は直接手を汚してはおらぬようじゃな」

「死神はそのように申しておりました」

「だが、あの男のことじゃ。後藤と備前の企てを知っておったに相違あるまい。知りながらそれを黙認し、滞っていた新貨の流通がよくなったところで、おのれの手柄にする。どうせ、そんなところじゃろう」

図星である。

若いころから政争謀略の渦にもまれ、政治の世界の裏表をいやというほど見て来た楽翁の慧眼《けいがん》は、六十七になったいまも衰えていない。

「まあ、よい……死神に伝えてくれ。望みどおり、この二人の命買《こ》うてやるとな」

「承知つかまつりました。では早速」

一礼して、孫兵衛が腰を浮かすと、

「ただし」

楽翁が制するように語をついだ。

「明後日までは、決して動いてはならぬとそう申し伝えておけ」

「と仰せられますと……？」

「四月十七日は、城中紅葉山《もみじやま》に上さまがお成りになる日、すなわち服忌日《ぶっきび》じゃ。殺生は一切まかりならぬ」

「あ、さようでございましたな。死神にはその旨しかと伝えておきまする」

四月十七日は、神君家康の祥月命日であり、毎年この日に江戸城紅葉山の東照宮御社参が行われるのである。

3

その日の夕刻――。

孫兵衛がずっしりと重みのある金包みを下げて『風月庵』にやって来た。

「わざわざお運びいただき恐縮に存じます」

幻十郎が丁重に出迎える。

「楽翁さまがご承諾なさったぞ」

といって、孫兵衛は板間にどかりと腰をおろした。いつになく機嫌がいい。

「仕事料はいい値どおり払う」

金包みを披《ひら》いた。六十両の大金である。

一言礼をいって、幻十郎は茶の支度をはじめた。歌次郎は夕餉の買い物に出ていて留守である。

孫兵衛は、幻十郎が入れた茶をぐびりと喉に流しこんで、

「ただし、明後日までは動かんでもらいたい」

「何か、まずいことでも……?」

「四月十七日は東照権現さまの祥月命日、つまり服忌日じゃ」

「なるほど……。後藤と備前守の命、二日ばかりのびましたな」

「おまけの命じゃ。その間にせいぜい首でも洗っておいてもらおうかのう。ははは」

孫兵衛が大口をひらいて呵々《かか》と笑う。

そこへ、歌次郎が大きな買い物包みを抱えて入って来た。

「あ、市田さま、お見えでしたか。ちょうどようございました。日本橋の魚河岸で鰹《かつお》を買ってまいりましたので、市田さまも一杯やっていってくださいまし」

「おう初物じゃな。ではご相伴にあずかろうか」

初鰹と聞いて、孫兵衛は破顔した。

しばらくして、歌次郎が鰹の刺し身を大皿に盛って来た。幻十郎が一升徳利の酒を注ぎ、座は一転して賑《にぎ》やかな酒宴となった。

孫兵衛は、鰹の刺し身に舌鼓をうち、うまい、うまいを連発する。めずらしく酒もすすんだ。

「ところで死神――」

ほろ酔い機嫌の孫兵衛が、躰をゆらゆらと揺すりながら、

「女はどうしておる？」

卒然と訊いた。

「女？」

「おぬしはまだ若い。女の柔肌が恋しいじゃろう」

「まあ……」

幻十郎の脳裡にふっと志乃の顔が浮かんだ。孫兵衛には、まだ志乃のことは話していない。

別に隠すつもりはなかったが、志乃は幻十郎の妻・織絵《おりえ》を死に追いやった吉見伝四郎の妻だった女である。過去のいきさつを熟知している孫兵衛には、なんとなく言いづらかった。

「さりとてのう。おぬしはこの世とのしがらみをいっさい切り棄てた男じゃ。妻を娶《めと》るというわけにもいかんし……」

孫兵衛がひとりごちするようにつぶやく。

「のう死神」

「はい」

「女が欲しゅうなったら金で買え。それがいちばんじゃ」

「…………」

無言でうなずきながら、

——いずれ孫兵衛に、志乃のことを打ち明けなければならぬだろう。

幻十郎は、そう思った。女としてではなく、むろん「仕事」の仲間としてである。

文政七年甲申《きのえさる》、四月十七日。江戸城中紅葉山の御宮御社参の日である。

城内では、前日の申《さる》の刻（午後四時）から、御小姓、御小納戸《こなんど》をはじめ、表方の役人はすべて下城し、将軍家斉は入浴後に衣服、肌着、下帯まで清浄なものを身につけ、大奥にも入らずに表御殿で就寝する。

衣類ばかりではなく、将軍の御休息の間や小座敷の調度品や用具類もすべて新しいものに取り替えられ、畳や襖、障子には火打ち石で切り火をかけて清める。

将軍に近侍する御小姓や近習たちには、死亡、出生、出火、厄災などに関する発言が禁じられる。これを「御城中御清め」といった。

当日の家斉の服装は紫の直垂《ひたたれ》。御宮御社参の行列に供奉《ぐぶ》する諸大夫以上のものは、大紋《だいもん》の布直垂、同朋《どうぼう》衆は大紋の上に白袴を着用して行列に随行したので、城内では「大紋行列」とよばれていた。

その大紋行列の中に、将軍実父の一橋治済《はるさだ》、老中首座・水野出羽守忠成、若年寄・田沼玄蕃頭意正《おきまさ》、そして、この三人とは不倶戴天《ふぐたいてん》ともいうべき楽翁の姿があった。息子の伊勢桑名十一万石藩主・松平越中守とともに参列したのである。

楽翁はいまでこそ一介の大名家の隠居として韜晦《とうかい》の日々を送っているが、世が世ならば、この日の大紋行列の主役でなければならぬ人物であった。

その楽翁から、将軍継嗣の資格と権利をうばい、おのれの息子・家斉を将軍の座につけたのは一橋治済である。

御三家、御三卿、諸侯などが列座する拝殿に、楽翁と治済の姿もあったが、法要の儀がすむまで、この二人は一度も目を合わせることがなかった。

治済のほうが終始顔をそむけたまま、視線を向けなかったのである。

御宮御社参がおわると、将軍家斉は御座の間にもどり、東照宮（家康）の遺訓を拝聴する。

『人の一生は重荷を負うて遠き道をゆくがごとし、いそぐべからず』

『不自由を常とおもへば、不足なし。こころに望みおこらば、困窮したるときを思い出すべし』

『堪忍は無事長久の基《もと》、怒りは敵とおもへ。勝事ばかり知りて、負くることをしらざれば、害其の身にいたる』

『おのれを責めて、人を責むるな。及ばざるは過ぎたるよりまされり』

有名な家康の言葉である。

この遺訓拝聴の儀式をもって「御城中御清め」はおわる。これを「御清《おきよ》解き」といった。

楽翁が城を下がるとき、城内の長廊下で、偶然、若年寄の田沼意正とすれ違った。

田沼は軽く目礼して、楽翁のかたわらを足早にすり抜けようとした。

そのとき、

「玄蕃どの。新貨の流通、円滑に運び、まことに重畳《ちょうじょう》――」

楽翁がささやくように小声で話しかけた。一瞬、田沼は険しい表情を見せたが、無言裡に頭を下げて、そそくさと立ち去った。

その背中にするどい一瞥《いちべつ》をくれて、

(足元に用心いたせよ)

肚《はら》の裡《うち》で、楽翁は吐き捨てるようにつぶやいた。


その夜、酉《とり》の下刻（午後七時）――。

田沼意正は、飯田町の屋敷の客間で、ある人物の来着を待っていた。

すでに酒肴《しゅこう》の膳部もととのっている。

「楽翁め……」

短檠《たんけい》の細い灯りに目をやりながら、田沼は低く、いまいましげにつぶやいた。

「新貨の流通、円滑に運び、まことに重畳――」

楽翁の言葉が、小うるさい蝿《はえ》のように耳にまとわりついている。

(やはり、あれは楽翁の密偵の仕業であったか……)

昨日、定火消御役・稲葉備前守から緊急の手紙がとどいた。稲葉の腹心の部下・磯貝新三郎が何者かに斬殺され、それからおよそ一刻半（三時間）後、付け火、押し込みの実行部隊の浪人者三名とガエン五人が、ことごとく殺されたとの知らせであった。

――楽翁の刺客の仕業に相違あるまい。

殿中で語りかけてきた楽翁の言葉が、それを暗喩《あんゆ》していた。

次に狙《ねら》われるのは稲葉備前守か。それとも金座の後藤か。

――このまま捨てておけぬ。

彼らを護るための防御策、というより楽翁の刺客に対する反撃の手だてを田沼は考えていたのである。

――楽翁にひと泡吹かせてやらねば……。

腹の虫がおさまらないのだ。

「遅くなりました」

襖の外で、声がした。

「大槻か……入れ」

「はっ」

襖が開いて、大柄な中年の侍が入って来た。頤《おとがい》の張った顔、肩幅のひろい、がっしりした大兵である。

名は大槻《おおつき》刑部《ぎょうぶ》、歳三十六。若年寄配下の目付で、田沼がもっとも信頼をよせている男である。

目付の職掌は、旗本・御家人を監察し、幕府内の秩序・治安の維持にあたり、若年寄の耳目となって働く検察官のような存在である。定員は十人。役目柄、目付には切れ者が多い。

その代表的な例が、「妖怪《ようかい》」（耀甲斐）の異名をとった天保期の目付・鳥居耀蔵《ようぞう》である。老中水野忠邦《ただくに》の信任を得て、鳥居は南町奉行に昇進している。

「夜分に呼びたててすまぬ。ま、一杯」

田沼が酌をする。大槻は威儀を正して盃を受け、

「で、御用の筋と申されるのは？」

「折入ってそちに頼みがある。内密の頼みじゃ」

「はあ――」

「松平楽翁の密偵を洗い出してもらいたい」

「楽翁と申しますと？　……越中守どのの――」

「隠居じゃ。表向き政事からは身をひいたように見せかけてはおるが、ひそかに密偵を傭《やと》い入れて、ご政道にあれこれと探りを入れて来ておる」

「ほう、それはまた面妖《めんよう》な……」

三十六歳の大槻は、松平楽翁と意正の父、田沼意次《おきつぐ》との過去の確執を知る由もない。楽翁が、かつて老中首座をつとめていたということは知っているが、それも遠い過去の話である。いまは一介の大名家の隠居にすぎなかった。

その楽翁がひそかに密偵を使って幕政に容喙《ようかい》しようとは……。

大槻にとって、まさに面妖な話なのである。

「楽翁の密偵と申しても、所詮《しょせん》は闇の者じゃ。手段は選ばずともよい。見つけしだい闇に葬ってくれ」

「かしこまりました」

大槻が力強くうなずいた。

4

東照神君家康公の祥月命日、すなわち服忌日からすでに三日がたっていた。

金座の後藤三右衛門と定火消御役の稲葉備前守の動きは、歌次郎と鬼八に探らせている。

情報が入りしだい、幻十郎はすぐにでも「仕事」に取りかかる心づもりでいたのだが、三日たった今日も、ふたりからは何の連絡もなかった。

磯貝新三郎が殺されたことで、「獲物」どもは急に警戒しはじめたのだろうか。とすれば、仕事が長引く可能性がある。

さすがに幻十郎の胸に焦燥感がただよい始めた。

八ツ半（午後三時）ごろ――。

「旦那……」

鬼八が息をはずませて、

「今夜、稲葉が動きますぜ」

耳よりな情報《ネタ》を持ってとびこんで来た。

「吾妻橋の水野出羽守の別荘で六ツ（午後六時）から茶会が開かれるそうで……といっても、茶会はあくまでも表向きでしてね。そのあと涼み船を仕立てて、船ん中で綺《き》麗《れい》どころとしっぽりって趣向らしいんで」

「老中の水野が稲葉を招いたのか？」

「よんだのは家老の土方縫殿介《ぬいのすけ》です」

「金座の後藤は？」

「いえ」と鬼八は首をふった。

「稲葉だけだと聞きやしたが――」

「つまり、土方と稲葉の二人だけで茶会を催すってわけか」

「へい」

幻十郎は腕組みをして考えこんだ。

できれば二人まとめて始末したいが、金座の後藤三右衛門と稲葉備前守が顔を合わす機会を待っていたのでは、いつになるかわからない。とにかく一人だけでも仕留めておかなければ……。

「鬼八、すまねえが、猪牙舟《ちょきぶね》を一艘《そう》用意しておいてくれ。船頭はいらねえ。おれが自分で漕《こ》ぐ」

「あっしも何かお手伝いいたしやしょうか」

「そうだな……じゃ、両国橋のあたりで待機していてくれ。万一のときには、おめえの舟に乗り移ることにする」

「承知しやした」

鬼八は茶も飲まずに出ていった。

老中・水野出羽守の別荘は、吾妻橋の東詰め、本所側の河畔にある。

老中就任と同時に建てたこの別荘は、築庭も建物も、当時の粋を集め、水野の自慢のひとつであった。

その豪奢《ごうしゃ》ぶりは、たとえば奇岩巨石で築いた築山に無数のビードロの紐《ひも》を垂らして人工の滝に見せかけたり、温室がなかったこの時代、桜の木を絹の布帛《ふはく》ですっぽりとおおい、雪洞《ぼんぼり》と火桶《ひおけ》で内部を暖め、真冬に花を咲かせて観桜の宴をもよおしたという。呆れるほどの贅沢さであった。

家老の土方縫殿介は、この贅沢な別荘を独断で使える権限を持っていた。水野の名参謀として権勢をふるう土方にとって、いわばこの別荘が政治の裏舞台だったのである。

《公家家は忠成《ただあきら》（水野）に背きたまふ事あたわず、忠成は土方に背く事あたわず》

といわれるほど、水野は家老の土方に一目も二目もおいていた。

その土方が、定火消御役・稲葉備前守を別荘に招いて茶会を開く。しかも客は稲葉ひとりである。その裏にいったいどんな思惑がひそんでいるのか。

――付け火、押し込みの謝礼の宴《うたげ》か。

そう思いながら、幻十郎は吾妻橋の橋下の暗がりに猪牙舟をとめて、別荘の様子をうかがった。黒漆塗りの笠をかぶり、黒の着流し、腰には大刀の落とし差しといういでたちである。

このところ真夏のような暑い日がつづいていた。大川の川面には涼船の灯りがいくつも揺らいでいる。

水野の別荘の船着場にも、灯りをともした屋形船が一艘、舳先を川下にむけてもやっていた。

別荘の障子窓には皓々《こうこう》と明かりが灯り、かすかに三味の音が聞こえてくる。鬼八がいったとおり、「茶会」はあくまでも表向きの口実であろう。別荘のなかでは、深川の芸者をはべらせて酒宴が開かれているようだ。

やがて、本所入江町の時の鐘が鳴りはじめた。五ツ（午後八時）の鐘である。

と――別荘の裏木戸が開いて、人影が三つ四つ、出てきた。暗がりで顔は見えないが、武士とおぼしき男がひとり、芸者らしき女が三人、提灯の明かりを頼りに桟橋に向かっている。どうやら、その男が稲葉備前守のようだ。

幻十郎は、黒塗りの笠の下にさらに黒布で覆面をした。屋形船に乗り移ったとき、船頭や芸者たちに顔を見られないための備えである。

稲葉と芸者たちが屋形船に乗りこむと、船はゆっくり桟橋を離れていった。

頃合いを見はからって、幻十郎は水棹《みさお》で猪牙舟を押し出した。

稲葉をのせた屋形船は、川の流れにまかせてゆったりと川下に向かっていく。

屋形船が、吾妻橋と両国橋のちょうど中間地点にさしかかったとき、幻十郎は一気に舟脚を速めて、屋形船を追走しはじめた。

猪牙舟のスピードはさすがに速い。この舟はその名のとおり、猪《いのしし》の牙のように船体が細くて長い。安定感は悪いが、そのぶん速度が出るように造られるのである。

見るまに追いついた。双方の距離はおよそ小半丁。右手で櫓《ろ》をあやつりながら、左手で腰の刀を鞘ごと抜いた。屋形船にとび移る体勢である。

と、そのとき――突然、屋形船の障子戸ががらりと引き開けられ、三挺の銃口が突き出された。銃を構えているのは、なんと芸者たちである。いや芸者に扮した男たちであった。

(謀られた！)

と思った瞬間、三挺の銃口がいっせいに火を噴いた。同時にドボンと大きな水音がして、猪牙舟の上から幻十郎の姿が忽然《こつぜん》と消えた。

銃声が間断なくひびく。川面に弾着が奔《はし》り、小さな水柱が無数に立った。あたり一面に白い硝煙が立ちこめる。霧のように白く立ちこめた硝煙の中を、無人の猪牙舟がゆったりと流れていく。

屋形船の上から龕燈《がんとう》のするどい明かりが照射された。いく筋もの光の帯が交錯しながら、暗い川面をめまぐるしく奔る。

「何も見当たらんぞ」

「川底に沈んだか」

「よく探せ」

屋形船の上から男たちの声がひびく。

「見ろ！　血だ」

ひとりが叫んだ。男の指さす方向に、龕燈の光の帯がいっせいに集中した。照らし出された川面がうっすらと朱《あけ》に染まっている。

「船を近づけろ」

声とともに、屋形船がゆっくり移動する。

船縁《ふなべり》から、ひとりが身を乗り出して、朱色に染まった川の水をすくい取った。まぎれもなくそれは血であった。

「よし、間違いあるまい」

男が満足げにいった。

同刻――。

水野の別荘の一室で、屋形船に乗り込んだはずの稲葉備前守が、二人の侍と愉快そうに酒を酌みかわしていた。ひとりは土方縫殿介であり、もうひとりは目付の大槻刑部であった。

屋形船に乗り込んだのは、稲葉と芸者に扮した目付配下の徒目付《かちめつけ》だったのである。

鬼八は、両国橋の下に川舟をとめて、不安げに上流の様子をうかがっていた。その鬼八の耳にも銃声は届いた。だが、一瞬何が起きたのか理解できなかった。

　異変に気づいたのは、目の前に無人の猪牙舟が流れついたときだった。船縁に無数の弾着の痕《あと》がある。

（まさか……！）

　鬼八は、水棹を突き出して猪牙舟を引き寄せた。幻十郎の姿はなかった。

　あわてて櫓《ろ》を取り、舳先を上流に向けて川舟を押し出そうとしたそのとき、鬼八の目が川面の一点に吸いついた。

　川舟のすぐかたわらを、ゆらゆらと揺れながら流れて来る黒い物があった。よく見ると、それは幻十郎の塗り笠だった。

　舟を寄せて手をのばそうとすると、突然、塗り笠がぷかりと水面から浮きあがり、その下から幻十郎がぬっと顔を突き出した。

「だ、旦那……！」

「手を貸してくれ」

「へいっ」

　すかさず幻十郎の手をとって舟の上に引きあげる。ずぶ濡れの幻十郎の肩のあたりにべっとりと血がにじんでいた。

「だ、大丈夫ですかい？」

「ああ、なんとか命びろいした――」

幻十郎はくったりと舟床に躰を横たえた。

屋形船から銃撃を受けた瞬間、幻十郎は反射的に銃弾をかわして、川に飛びこんだ。が、紙一重の差で、一発を左肩に受けて水底《みなぞこ》に没した。

一瞬、気を失いかけたが、肩に激痛を覚えてすぐ意識をとり戻した。息が苦しくなって水面に顔を出すと、幸運なことに顔のすぐそばに塗り笠が浮いていた。

笠の下に顔を隠し、敵の目が猪牙舟に向いている間に、右手一本で水をかきながら、両国橋の下まで流れて来たのである。まさに九死に一生の命びろいであった。

「ひでえ傷だ。はやく手当てをしなきゃ」

鬼八は必死に櫓を漕いだ。

5

傷は、左肩を貫通していた。

幸いなことに骨には異常がなかった。血止めの薬を塗り、晒《さらし》を巻いてしばらく横になっていると、血は止まった。

出血がひどかったせいか、傷の手当てをおえるや、幻十郎は死んだように眠りつづけた。

肩の傷が痛むのだろう。幻十郎は夜中に何度もうめき声をあげた。額にあぶら汗が浮いていた。かなり熱もあるようだ。

鬼八と歌次郎は、交代で仮眠をとりながら、幻十郎の顔の汗をぬぐってやり、冷えた井戸水で手拭《てぬぐ》いをしぼって額にあて、一晩中、必死の介抱をつづけた。

白々と夜が明けた。

野鳥のさえずりが聞こえる。

ふっと幻十郎が目を覚ました。

鬼八が心配そうにのぞきこむ。

「どうですかい？　気分は」

「ああ、だいぶいい……」

幻十郎はむっくり起きあがった。

「あ、まだ横になってたほうが」

「いや、もう大丈夫だ。それより腹がへった」

そういって、幻十郎が微笑《わら》った。熱が下がったのだろう。清々《すがすが》しい顔をしている。

「いま歌次が粥《かゆ》をつくってますよ」

「そうか――」

立ち上がって、板間に向かった。すでに膳部がしつらえてあり、椀のなかで炊きたての粥が湯気をたてていた。

三人が粥をすすっていると、玄関に人の気配がした。

「誰だ？　こんな朝はやく」

「築地の掛け取り爺さんでしょう。あっしが見て来やす」

と歌次郎が腰をあげたが、見にいくまでもなく、ずかずかと足をふみ鳴らして孫兵衛が入って来た。

「あ、市田さま、おはようございます」

歌次郎が挨拶《あいさつ》する。

「おう、めずらしく三人そろっておるな」

いうなり、孫兵衛はどかっと腰をおろし、

「で、どうなった？」

気ぜわしげな目で幻十郎を見た。

「しくじりました」

「な、何っ。しくじった！」

孫兵衛が浅蜊《あさり》のような目をむいた。

「面目ない。ごらんのとおりの体たらく」

幻十郎は、悪びれるふうもなく、肩に巻いた晒を示し、昨夜の一件を淡々と語った。

「そうか……」

話を聞きおえて、孫兵衛は暗澹《あんたん》と肩を落として吐息をついた。怪我をした本人より、むしろ孫兵衛のほうが、数倍の衝撃を受けているようだ。

「じつを申すと、きのうからわしも悪い予感がしておったのじゃ」

「悪い予感？」

「殿も酔狂がすぎる」

「どういうことですか、それは」

幻十郎がけげんそうに訊きかえす。

「御宮御社参の日、殿がたまたま殿中で田沼玄蕃頭と出食わしてな。言わねばよいのに、〝新貨の流通が円滑に運んでまことに重畳〟などと、皮肉を浴びせたそうじゃ。その言葉の意味がわからぬほど、玄蕃頭は愚昧な男ではない。すぐにそれと察して、先手を打って来たに相違あるまい」

それで何もかも納得がいく。水野出羽守の別荘で催されたあの茶会は、楽翁の密偵（幻十郎）をおびき出すために、田沼が仕組んだ罠だったのである。

それに水野の家老・土方縫殿介が一役買って出たのだろう。

水野の豪壮な別荘は、本所深川界隈《かいわい》ではちょっとした名所になっていた。そこで茶会が催され、茶会のあと芸者をはべらせて船遊びをするという話は、盛り場の玄人筋のあいだでひそかなうわさになっていたに違いない。

事実、鬼八は、船宿の船頭からその情報を手に入れたのである。むろん、その情報は獲物をおびき出すための〝撒き餌《まえ》〟であった。

不覚にも、というか、敵側にとっては案の定、鬼八がその〝撒き餌〟にまんまと食いついて来たのである。

「申しわけありやせん。うっかりそんな与太話に乗っちまったばかりに……」

鬼八が板敷きに手をついて頭を下げた。

「いや、謝るのはまだ早い。これで逆に仕事がやりやすくなったぜ」

幻十郎が慰めるようにいった。

「どういうことじゃ？　それは」

孫兵衛がけげんに訊く。

「これを見てください」

幻十郎が肩の晒を示し、

「助かったのが不思議なぐらいですよ。何しろ、鉄砲三挺の乱れ撃ちでしたから
……」

それも至近距離からの乱射である。並みの人間なら蜂《はち》の巣になって大川に浮いてい

ただろう。奇跡的に助かったとはいえ、幻十郎は肩に一発を食らって川底に沈んだのである。

敵は充分手応えを感じていたに違いない。塗り笠の下にもぐりながら、幻十郎は敵のひとりが「間違いない」といったのを、たしかに聞いた。とすれば……。

「やつらは、獲物を仕留めたと思いこんで、警戒をゆるめるでしょう。つまり、それだけ次の仕事がやりやすくなったということですよ」

「なるほど……。怪我の功名とは、まさにこのことじゃな」

孫兵衛の顔に笑みがこぼれた。だが、すぐにその笑みは消えて、険しい表情に変わった。

「おぬしの話を聞いて、わしも腹が立ってきた。一刻もはやく昨夜の仕返しをして、田沼の鼻をあかしてやってくれ」

「いうにはおよびませぬ」

幻十郎がきっぱりといった。

第九章　必殺の銃弾

1

付け火による幾たびかの大火災と、旧貨を蓄蔵していた両替商八軒の焼失廃業などによって、金座の後藤三右衛門の目論見どおり、それまで滞っていた吹き増し小判（新貨）も順調に市中に出まわり、逼迫《ひっぱく》した幕府の財政も、徐々に回復の兆しを見せはじめた。

そんなある日――。

三右衛門のもとに水野の家老・土方縫殿介《ひじかたぬいのすけ》の使いの者が一通の書状を持って来た。

その書状には、このたびの労苦に対する謝意と、新たに十万両の吹き増し（改鋳）を依頼する旨がしたためてあった。末尾に水野自身の署名と花押《かおう》もある。

三右衛門の顔に思わずほくそ笑みが泛かんだ。

「ふふふ、首尾は上々。何もかもうまく運んだ――」

これで老中水野に大きな貸しを作ることができたし、三右衛門自身も莫大な利を得ることができた。

この男が常々口にしているとおり、

――政事は金になる。

のである。

為政者が堕落し、政治が腐敗すればするほど、幕府の金融を牛耳る金座役には、金がころがり込んでくる仕組みになっていた。

これまでの吹き増しで、三右衛門が手にした分一金（吹き替え手数料）は一万両にのぼる。さらに十万両の吹き替えを行えば、二千両の金が入ってくる。

老中の水野や若年寄の田沼、定火消御役・稲葉備前守に流れた裏金は〆て四千両、それを差し引いても八千両がまるまる儲《もう》けとなるのである。

加えて、両替商の組合株の斡旋《あっせん》仲介で、およそ二千両の口利き料も入ってくるし、両替商どもから強奪した旧貨の吹き増しによる出目（改鋳益）も、すべて三右衛門のものになる。おのれはまったく手を汚さずに、これほど巨額の金がやすやすと手に入るのだから、まさに政事は金を産み出す打ち出の小槌《こづち》なのである。

――そろそろ備前守とは手を切らねばなるまい。

当初の目的は十二分に達したし、これ以上「付け火、押し込み」をつづける必要はない。とすれば、もう定火消御役・稲葉備前守の出る幕もない。腐れ縁は早めに切る。それが三右衛門の処世術である。

稲葉には、すでに五百両の裏金が渡っている。金のほかに菊江という娘も献上した。「仕事」に見合うだけの充分な礼は尽くしたつもりだが、いざ縁を切るとなると、やはりそれなりのけじめはつけなければならぬだろう。

(これで最後だ。大盤振る舞いをしてやるか……)

三右衛門は、内心そうつぶやくと、

「おい、嘉平」

帳場に声をかけた。すぐに初老の手代が飛んできた。

「出かける。駕籠《かご》をよんでおくれ」

「かしこまりました」

表門に駕籠がつくと、紋付き羽織袴《はかま》姿の三右衛門が手代たちに見送られて、傲然《ごうぜん》と駕籠に乗りこんだ。その様子を路地角でさり気なく見ている男がいた。

四つ目屋の鬼八である。

田沼一派にガセ情報《ネタ》をつかまされた悔しさと自責の念にかられて、四日前から金座の役屋敷に張り込んでいたのである。

(この間の轍《てつ》は二度と踏まねえぜ)

鬼八は、猟犬のようにするどく目を光らせて、駕籠のあとを追った。

三右衛門を乗せた駕籠は、本町一丁目通りに出て、真っすぐ東に向かっていた。その二、三間後方を鬼八が小走りにつけていく。

やがて、駕籠は柳橋の船宿の入口でとまり、そこで三右衛門は猪牙舟《ちょきぶね》に乗り換えた。

(どこに行くつもりだ……？)

小首をかしげながら、鬼八もすかさず別の猪牙舟に乗りこんだ——。

「お薬、換えましょうか？」

襖《ふすま》ごしに女の声がした。

幻十郎はその声で目を覚ました。

志乃が、真新しい晒《さらし》と蛤《はまぐり》の貝の塗り薬を持って寝間に入ってきた。

銃撃事件の翌々日、歌次郎の知らせを聞いて『風月庵』に駆けつけてきた志乃は、その日から、泊りこみで幻十郎の傷の手当てをしていたのである。

「すまんな」

蒲団に上体を起こして、幻十郎は肩の晒をほどいた。傷口はふさがっていたが、赤黒く盛り上がった肉塊がまだ痛々しい。

「まだ痛みますか？」

傷に塗り薬を塗りながら、志乃が訊《き》いた。

「だいぶよくなったが……」

といって、幻十郎は腕を振ってみた。上腕から手首にかけて、しびれるような鈍痛が奔《はし》った。

「だめですよ。無理をしちゃ――」

やさしく腕をなでながら、志乃は晒を巻き換えると、お腹すいたでしょ、すぐお昼の支度をしますから、と勝手に立ち去った。

が、すぐにとって返して、

「誰か来ます！」

困惑げにいった。

たぶん孫兵衛だろうと思いながら、幻十郎は一瞬迷った。

孫兵衛に志乃を引き合わせるべきか、それとも、このましばらく伏せておくか……。

「どうします？」

志乃がやきもきするように訊く。

――ちょうどいい機会かもしれぬ。

そう思って幻十郎は立ち上がり、

「楽翁さんの用人だ。引き合わせよう。一緒に来てくれ」

「はい」

幻十郎と志乃が板間に行くと、廊下にずかずかと足音がして、細長い風呂敷包みをかかえた孫兵衛が、いつものように無遠慮に入って来た。

「死神、傷の具合は……」

といいかけて、孫兵衛は石のように固まった。幻十郎のかたわらに見知らぬ女が立っていたからである。

「新しく仲間に加わった志乃さんです」

幻十郎が紹介する。だが、

「…………」

孫兵衛は、狐につままれたように口をポカンとあけたまま、棒立ちになっている。

「お初にお目もじいたします。志乃と申します」

志乃が挨拶《あいさつ》すると、

「お、おう……」

孫兵衛が、ようやく我に返って、

「わ、わしは市田孫兵衛と申す」

「ただいま、お茶を……」

と一礼して、勝手に下がる志乃のうしろ姿に興味津々の目をやって、

「美形じゃな。どこで拾って来た？」

孫兵衛が探るように訊いた。

「それは、おいおい話しますよ」

「おぬしの情婦《いろ》か？」

「ですから……」

幻十郎の言葉をさえぎるように、

「いや、野暮な詮索《せんさく》はやめておこう。おぬしが何をしようとかまわん。かまわんが……一つだけ忠告しておく」

「忠告？」

孫兵衛が、急に声を落とした。

「惚《ほ》れてはならんぞ。女に情を移したらこの仕事はつとまらん。いいな、深入りせずに適当にやっておけ。適当に――」

返す言葉もなく、幻十郎は、ただ苦笑を泛かべている。

「ところで、仕事の話だが……その腕ではとうぶん刀は使えまい」

といって、風呂敷包みを披《ひら》いた。包みの中身は銃身が一尺（約三十センチ）ほどの

短銃である。

「いざという時には、これを使え」

「銃ですか！」

「最新式のオランダ銃じゃ。だが……」

オランダ人から手に入れたものではない、と孫兵衛はつけ加えた。

江州坂田郡国友村の鉄砲鍛冶《かじ》・国友藤兵衛《くにともとうべえ》が、蘭書の図面を見て造った純然たる国産銃である。

この銃は火薬や火縄を用いず、空気の圧力で弾丸を発射する仕組みになっており、「風砲」あるいは「気炮」と称されていた。いまでいう空気銃である。蘭名はウインドルウルという。

「火薬を使わんので、発射したときに音が出ないのが最大の特徴だ。その代わり射程距離は短い。五、六間の距離から撃たんと人は殺せんだろう」

孫兵衛はふたたび銃を風呂敷に包んで、

「いざという時の備えじゃ」

幻十郎に手渡すや、気ぜわしげに立ち上がった。

「もうお帰りですか」

「殿の茶の湯のお相手をしなければならんでの……いいな死神、女に惚れてはならんぞ。惚れては」

くどいように念を押して出ていった。

2

幻十郎は、庭に出てさっそく「気炮」の試し撃ちをしてみた。

操作は簡単である。銃身を直角に折ると、弾倉の空気が圧縮され、その空気圧で弾丸を発射する仕組みになっていた。

標的は厚さ一寸の杉板。距離は六間（約十一メートル）。照準を定めて引き金をひくと、ぶすっと鈍い発射音がして、見事に杉板が撃ちぬかれた。

――これは使える。

幻十郎は満足げな笑みを泛かべ、銃をふところに仕舞いこんだ。

そこへ、鬼八が小走りに駆けこんで来て、

「旦那、金座の後藤が動きやしたぜ」

と声をはずませていった。

「今度はまちがいありやせん。念には念をいれて、しっかり裏をとって来やしたから」

よほどこの間の失態が応えたのだろう。今度は絶対に信用できる情報です、と何度も強調していった。

鬼八の話によると、柳橋で駕籠をおりた三右衛門は、猪牙舟に乗り換えて山谷堀に向かい、山谷堀から土手道を歩いて吉原に向かったそうである。

「吉原……？」

「江戸町《ちょう》の『扇屋』って妓楼です」

幻十郎は、一度吉原に行ったことがある。羅生門河岸の切見世《きりみせ》『あざみ屋』で女郎をしていた志乃に逢うためである。

あとにも前《さき》にもそれが初めてであった。もちろん『扇屋』という妓楼の名も、その場所も知らなかった。

鬼八が説明する。

「吉原の大門《おおもん》をくぐると、すぐ右側が江戸町一丁目で、通りに面して七軒の茶屋が並んでやしてね」

俗に『七軒茶屋』とよばれる最高級の妓楼である。その七軒の中でも『扇屋』は吉原一の格式を誇り、豊農、豪商、旗本、大名などの隠れ遊びの場所として知られていた。

「で、三右衛門は『扇屋』に登楼《あが》ったのか？」

「いいえ」と鬼八が首をふった。

「遊びに行ったわけじゃねえんで」

『四つ目屋』という商売柄、鬼八は吉原にも何人かツテを持っている。といっても、最下級の切見世の楼主や牛太郎《ぎゅうたろう》（客引き）など、日当たりの悪そうな連中ばかりだが……。

「連中とは長い付き合いですからね。気ごころも知れてるし、信用もできやす」

そのツテを使って探りを入れたところ、意外なことがわかった。三右衛門は『扇屋』を借り切るための交渉に来たのである。

「借り切る？　……で、話はついたのか」

「へえ。あしたの午《ひる》すぎからあさっての午ごろまで、まる一晩『扇屋』をそっくり借り切ることになったそうで」

「そいつはまた豪気な話だな」

「金を積みゃ『扇屋』だって嫌とはいわねえでしょう」

「金座の後藤ならやりそうなことだ……で、扇屋を借り切って誰かを招《よ》ぼうって魂胆か？」

「定火消役の稲葉備前守です」

「なるほど――」

三右衛門のねらいがどこにあるのか、皆目見当もつかないが、「付け火、押し込み」

で散々儲けさせてもらった謝礼と考えれば、一応話の筋はとおる。

「あれ以来、稲葉もすっかり用心深くなっちまって、屋敷から一歩も外に出なくなっちまいましたからねえ。殺《や》るんなら、その日しかねえでしょう」

鬼八がそう結論づけた。

「うむ」

幻十郎は、腕を組んで深沈《しんちん》と宙に目をすえた。

――問題は、いつ、どこで殺るか。

午すぎに『扇屋』に入るとすれば、稲葉が定火消屋敷を出るのは、九ツ半（午後一時）か八ツ（午後二時）ごろだろう。

吉原までの道中はまだ陽が高い。周囲に人目もある。駕籠に警護の家来もつくだろうし、万一にそなえて、目付配下の者がひそかに目を光らせているかもしれぬ。とすれば……。

――廓《くるわ》の中しかあるまい。

稲葉備前守は、この数日間、一歩も屋敷を出ずに役屋敷の自室に閉じこもっていた。若年寄の田沼意正《おきまさ》から、しばらく外出を差し控えるよう申し渡されていたからである。

屋敷周辺には目付配下とおぼしき怪しげな男たちの監視の目が四六時中光っているので、出るに出られぬ状態であった。禁足令というより、態のいい謹慎蟄居《ちっきょ》である。

――わしを囮《おとり》に使って、松平楽翁の密偵を仕留めておきながら、田沼さまはまだ安心できぬと申されるのか。

稲葉は不満たらたらである。

窮屈な屋敷暮らしが息苦しい。唯一の楽しみである女色も、菊江が何者かに殺されてから、ほかの女にはさっぱり気が入らず、欲求不満は日ごとにつのっていった。

そんな折り、金座の後藤から吉原への誘いが来たのである。渡りに船とばかり、稲葉はこの話にとびついた。

「しかし殿、田沼さまから固く他行を差し止められておりますので、何卒、何卒、ご辛抱のほどを！」

用人が懸命に制止するのも聞かず、

「かまわん。金座の後藤の招きじゃ。駕籠の用意をいたせ！」

溜まりに溜まった鬱屈《うっくつ》を吐き出すように怒鳴りつけ、稲葉はあわただしく外出の支度をととのえて屋敷を出た。

吉原江戸町一丁目の『扇屋』に、稲葉の駕籠がついたのは、午八ツ半（午後三時）ごろだった。金座の後藤三右衛門はすでに到着していて、入口で稲葉の来駕を待ち受けていた。

「ご足労いただきまして、まことに恐縮に存じます」

三右衛門は慇懃《いんぎん》に礼をいって、二階座敷に稲葉を案内した。二部屋をぶち抜いた二十畳ほどの大広間である。

山海の珍味を盛った膳がならび、華やかに着飾った花魁《おいらん》が三人、新造《しんぞ》が四人、禿《かむろ》が二人、うやうやしく二人を出迎えた。いずれも吉原では十指に入る遊女たちである。

稲葉と三右衛門が着座し、さっそく酒宴が始まる。

頃合を見はからって、三右衛門が、

「稲葉さまのご尽力のおかげで、吹き増し貨幣もようやく順調に市中に出まわるようになりました。ご老中水野さまもことのほかお喜びのご様子。これも一重に稲葉さまのお力添えのおかげでございます。あらためて御礼申しあげます」

まずは型通りの謝辞をのべ、「実は……」と話を本題に切り換えた。

「そろそろ手前どもも例の件から手を引こうかと思いまして」

「なに、やめると申すのか？」

「物事には潮時というのがございます。このへんで手を引いたほうがお互いのためではないかと――」

「つまり最後の宴というわけか、これは」

「ほんのお礼のしるしでございます。酒も女も充分に用意してございますので、どうぞ心ゆくまでお楽しみくださいまし」

「ま、よかろう。これでわしも肩の荷がおりる。今宵は存分に羽をのばすとしよう」

稲葉は、好色な笑みを泛かべて遊女たちの顔を見まわした。

いずれも美形ばかりである。禿をのぞく花魁三人、新造四人は選りどり見どりで、その気になればいつでも抱ける。酒も肴《さかな》もふんだんにある。まさに酒池肉林の饗宴《きょうえん》である。

一刻ほど、稲葉の酒の相手をしたあと、三右衛門は妓楼のあるじに、くれぐれも粗相のないようにといいおいて『扇屋』を出た。

3

陽がすっかり落ちて、西の空がほんのりと茜《あかね》色に染まっている。

猪牙舟で帰るには、衣紋坂《えもんざか》をのぼって日本堤（俗に土手八丁という）に出なければならない。

舟を使わずに市中に戻るには、駕籠と徒歩しかなかった。徒歩の場合は吉原田圃《たんぼ》をぬけて大音寺、三崎稲荷を経由して上野山下に出る。駕籠の場合は、日本堤から砂利場をへて浅草馬道に出る。

歩くのが面倒になって、三右衛門は大門口で四つ手駕籠に乗りこんだ。

大門口から衣紋坂をへて日本堤に出る。元和《げんな》六年（一六二〇）、治水のために築かれた全長八百三十四余メートルの土手道である。

この土手道を東に下ると、やがて前方の闇《やみ》にまばらな町屋の明かりが見えてくる。浅草山川町である。このあたりは砂利が多い場所で、江戸城天守台築造のときにこの砂利が使われたので、別名「砂利場」ともよばれている。

その砂利場にさしかかったとき、突然、駕籠の行く手に黒影が立ちはだかった。

日本堤には、しばしば追い剝《は》ぎや辻《つじ》斬《ぎ》りが出るという。吉原通いの遊び人たちは、一杯機嫌で気が大きくなっているせいか、さして気にしないが、駕籠かき連中はこの怖さを嫌というほど知っている。

前方に黒影がわき立ったとたん、「出たあッ」と悲鳴をあげて、駕籠を置き去りにしたまま逃げ出した。

何事かと、簾《す》をあげてけげんな顔を出した三右衛門の前に、編笠をかぶった着流しの浪人がぬっと立ちはだかった。

「手前に何か？」

三右衛門が眉根をよせて訊いた。

「金座の後藤三右衛門だな」

「はい。ご浪人さんは……?」

「死神だ」

「ご、ご冗談を……お金なら差し上げます。ど、どうか命だけは――」

最後までいいおわらぬうちに、その声がぷつりと途切れた。

幻十郎の刀が電光の迅さで鞘走《さやばし》り、駕籠の中の三右衛門の胸を突き刺していた。刀は鍔《つば》元まで深々とうまり、切っ先が心の臓をつらぬいて背中にとび出している。

三右衛門は駕籠の背にもたれて死んでいた。ほとんど即死状態である。

刀を引きぬくと、胸の傷口から泉水のように血が噴きあげ、四つ手駕籠の天井に当たって、三右衛門の死骸《しがい》にボタボタと音をたてて血しずくが垂れ落ちた。

懐紙で刀の血糊《ちのり》を拭《ふ》きとると、静かに鞘におさめて、幻十郎は立ち去った。


吉原の妓楼の二階には、いくつもの「遊女部屋」がある。遊女が楼主から権利を買ったもので、部屋持ちになった遊女は初めて一人前と認められるのである。

『扇屋』の遊女部屋で、稲葉備前守は花魁と新造を相手に三つ巴《どもえ》の痴態を演じていた。

三人とも一糸まとわぬ全裸である。

三枚の蒲団を重ねた上に、全裸の稲葉が大の字になり、花魁が下腹にまたがって稲葉の一物を秘所でくわえ、新造が稲葉の顔のうえで大きく股をひろげ、その部分を稲葉に舐《な》めさせている。

重ね蒲団の上で酒を飲んだり、遊女と戯れたりする大名遊びは、仙台六十二万石の藩主・伊達綱宗《だてつなむね》が三浦屋の遊女高尾と六つ蒲団の上で酒をくみ交わしたのが始まりだといわれているが、真偽は定かでない。

六つ蒲団は「陸奥《むつ》守」の語呂あわせで、実際には五つ蒲団か、三つ蒲団だったという。

そのころ――。

幻十郎は『扇屋』の裏手の『美浜屋』という妓楼の二階座敷で、新造相手に酒をくみ交わしていた。

江戸町の通りから一本裏に入っただけで、同じ吉原の妓楼でも値段はぐんと安くなる。遊女の質も並み以下で、当然のことだが、そのぶん揚げ代も安い。

幻十郎が、あえてこの見世を選んだのは、窓から『扇屋』の二階座敷の様子が見えるからである。

障子窓を開けると、ややななめ右方向に『扇屋』の遊女部屋の窓が見えた。

重ね蒲団の上で、蛇のようにからみ合っている稲葉と二人の遊女の裸影が障子窓に妖《あや》しげに映っている。

じり寄ってきた。

「ねえ、旦那……」

敵娼《あいかた》の新造が、黙々と酒を飲みつづける幻十郎にしびれを切らし、鼻を鳴らしてに
「お酒はそのへんにして、そろそろ——」

幻十郎の肩にしなだれかかって、ちらりと横目で隣室を見た。二つ枕の艶《なま》めかしい
夜具がしいてある。

「酒が入らんとその気になれぬ。もう少し飲ませてくれ」

「空《から》でありんす」

鼻にかかった里言葉でそういうと、新造は空の銚子をふった。

「あと二本、たのむ」

ふところから小判を一枚とり出して、新造の膝元にポンと投げ出した。

「釣りはとっておけ」

とたんに新造の顔がほころんだ。小判をつかみ取るや、着物の裾をひるがえして部
屋を出ていった。

幻十郎は、窓を大きく引き開けて、向かいの『扇屋』に目をやった。障子窓に稲葉
と二人の遊女の影がうごめいている。

——さて、どう仕留めるか。

差料はない。武士が登楼するときには、刀を内所に預けるのが吉原の仕来りになっている。刀ばかりではなく、刃物はいっさい御法度なのだ。

ふところに孫兵衛から預かった「気炮」がある。

幻十郎は、『扇屋』の遊女部屋との距離を目で計った。目測でおよそ七、八間。「気炮」の射程距離にはわずかにおよばない。

——新造が戻ってくるまでに仕留めなければ……。

『扇屋』の障子窓には、あいかわらず三つ巴の影が妖しげにうごめいている。

——一か八か、狙《ねら》ってみるか。

ふところから「気炮」を取り出す。銃身を折って弾倉に圧縮空気を送りこむ。銃口を『扇屋』の障子窓に向け、稲葉の影に照準を定める。

万一外したら、何もかもが一瞬にして終わる。おのれの命さえ危険にさらされかねない。

吉原遊郭《ゆうかく》は、遊女の脱走を防ぐために二間幅の堀（俗に〝おはぐろ溝《どぶ》〟という）と、忍び返しのついた高板塀で囲繞《いにょう》されており、出入り口は大門しかない。遊郭自体が一種の砦《とりで》になっているのだ。

騒ぎが起きれば、すぐに大門が閉ざされ、忘八《ぼうはち》どもが出動する。

「忘八」とは、遊女屋の亭主たちで構成された吉原遊郭の自衛組織で、仁・義・礼・

智・忠・信・孝・悌の八つの徳を忘れた非情の集団である。

忘八のほかに、面番所には町奉行所の隠密同心が詰めている。

事が起きれば、両者が即座に連携して、廓内をしらみ潰《つぶ》しに捜すだろう。隠れる場所も逃げ場もない。文字どおりの袋の鼠《ねずみ》である。

つまり、失敗は許されないということだ。

一発の銃弾にすべてがかかっている。

幻十郎の胸にためらいがあった。

時が刻一刻とすぎている。

決断する。

必殺必中の願いをこめて――引き金に指をかけた瞬間、がらりと襖が開いて、新造が酒をもって戻ってきた。

万事休す！

幻十郎は、すばやく「気炮」をふところに隠した。

「さ、どうぞ」

気の抜けたような新造の声に、緊張の糸がぷっつりと切れた。注がれた酒を一気に喉《のど》に流しこむ。苦い酒だった。

と、その時、幻十郎の目のすみにちらりと影が動いた。外に視線を向けると、『扇屋』

の障子窓に、ふらりと立ち上がる稲葉の影が見えた。

すかさず幻十郎も立ち上がった。

「あら、旦那、どこへ？」

「厠《かわや》だ」

「じゃ、わちきがご案内いたしんす」

「場所は知っている。かまわんでくれ」

と新造を制して、幻十郎は部屋を出た。

吉原のどの妓楼もそうだが、遊女が使う厠は一階、客用の厠は二階の廊下の隅にある。

厠の入口には長暖簾《のれん》が下がっているだけで、戸も囲いもない。

ほかに用を足している客はいなかった。

小便所の脇に小さな障子窓がある。幻十郎は素早くその窓を開けて見た。真っ正面に『扇屋』の厠の窓が見えた。

窓までの距離はおよそ四間。「気炮」の射程距離内である。

——早く来い……。

幻十郎は、ふところの中で「気炮」の銃把をにぎりながら、じっと窓の外に目をすえた。

寸刻後、『扇屋』の厠の小窓に男の影が映った。『扇屋』は今夜は貸切りである。ほかに客はいないはずだ。とすれば、その影の男は十中八九、稲葉に間違いない。

幻十郎はふところから「気炮」を取り出して、小窓の影に照準を定めた。

引き金を引く。

ぶすっと鈍い発射音。

『扇屋』の厠の窓に映っていた影がぐらりとゆらぎ、視界から消えた。

「気炮」をふところに仕舞うと、幻十郎は何食わぬ顔で厠を出た。

4

大門脇の面番所で、ひとりの武士が茶をすすっていた。目付の大槻刑部《おおつきぎょうぶ》である。

定火消役屋敷の周辺に張り込ませていた徒目付から、稲葉備前守が外出したとの知らせを聞いて、すぐに吉原に飛んで来たのである。

先日の囮《おとり》作戦で、松平楽翁の密偵と思われる浪人者を首尾よく仕留めたものの、

「まだ油断はならぬ。しばらく備前の身辺から目を離すな」

若年寄の田沼意正にそう命じられて、火消し屋敷の周辺警護に当たっていたのだが、一瞬の隙をつかれて稲葉に外出されてしまったのである。

――人の気も知らずに、身勝手な男だ……。

内心、苦々しくつぶやきながら、大槻はふと面番所の格子窓に目をやった。編笠の浪人者が足早に通りぬけてゆく。廓内で編笠をかぶるのは、別に不審なことではなかった。

吉原に遊びに来る武士たちは、衣紋坂の上の編笠茶屋で編笠を借りて、面体を隠して廓に入るのが常である。

いま面番所の前を通りぬけた浪人者も、そのひとりにすぎまい、と大槻は思ったのだが、ただ一つ気になることがあった。

帰るには早すぎるのである。たった今、浅草弁天山の時の鐘が五ツ（午後八時）を告げたばかりだ。

不夜城・吉原は、むしろこれからが本番を迎えるのである。

――ゆうべから居続けか……。

と思い直して、大槻が冷めた茶をすすりあげた、そのとき、

「大槻さま、大変です！」

商人《あきんど》に変装した徒目付が血相変えてとび込んで来た。

「どうした」

「備前守さまが撃たれました！」

「なにッ」

がばっと立ち上がった。

「死んだのか！」

「はい。こめかみを一発で撃ちぬかれまして」

「あの素浪人だ！　田中、全員を呼び集めろ！」

「はいッ」

『扇屋』の周辺に張り込んでいた徒目付四人がすぐに呼び集められ、追捕《ついぶ》の一団が風のように大門を走りぬけていった。

衣紋坂をのぼり切ったところで、幻十郎は背後にただならぬ気配を感じて足をとめた。

振り返って見ると、五つの影がまっしぐらにこっちに向かって疾駆してくる。

——気づかれたか。

とっさに刀の柄に手をかけて鯉口《こいぐち》を切る。

五つの影が凄《すご》い勢いで迫って来た。陣頭の男（大槻）は侍姿だが、ほかの四人は商人や破落戸《ごろつき》、牛太郎、細見《さいけん》売りなど、それぞれに風体が違う。忘八ではなさそうだ。

たちまち包囲された。

「何の用だ？」

幻十郎が訊いた。

「面体を改めたい。編笠を外されよ」

大槻が居丈高にいった。

「断る」

「なにっ」

「詮議を受ける覚えはない」

「名を聞いておこう」

「おぬしたちは？」

「公儀目付だ」

「なるほど、田沼の狗《いぬ》か……」

「ふふふ、馬脚をあらわしたな」

大槻が薄笑いを泛かべた。

「貴様、松平楽翁の密偵か――」

「おれは……死神だ」

「ええい、斬れッ！」

大槻が下知した。四人が隠し持った忍刀を引きぬいて、いっせいに斬りかかった。

幻十郎は、抜き打ちざまに一人を斬り斃《たお》し、返す刀でもう一人を袈裟《けさ》がけに斬った。

斬るたびに左腕に激痛が奔る。

右の一人が逆手に斬りかかって来た、幻十郎は左に跳んで、横一閃《いっせん》に刀を薙《な》いだ。腹を裂かれたその男は、悲鳴をあげながら地面にころがった。

間髪をいれず、背後からするどい斬撃《ざんげき》が来た。ふり返りざま、逆袈裟に斬りあげた。脇腹から胸に一刀を浴びて、その男はあお向けにぶっ倒れた。

大槻が正面に立って刀を正眼に構えた。

幻十郎は刀を下げた。左腕がしびれて感覚を失っている。右手一本で柄をにぎった。斬り合いが長引けば不利になる。相手の出方を待って一太刀で仕留めなければならぬ。

大槻がじりじりと間合いを詰めてくる。

幻十郎は動かない。

大槻がさらに一歩踏み出す。その一歩が間境を越えた。

――来る。

と思った瞬間、切っ先が瞬息の迅さで、幻十郎の胸に飛んで来た。躰をななめに開いて、それをかわすや、下から垂直に斬りあげた。ずばっと骨肉を断つ鈍い音がした。

大槻の両腕が肘《ひじ》の部分から真っ二つに両断されていた。宙に舞った二本の腕が地面に落下したときには、幻十郎の躰は大槻の背後に跳んでいた。

背中にとどめの一刀を突き刺す。渾身《こんしん》の刺突の剣である。背中を串刺しにされたまま、寸秒、大槻の動きが静止した。

幻十郎は右足を大槻の尻にかけて、一気に刀を引きぬいた。

どっと音を立てて、大槻の躰が前のめりに倒れ込んだ。

二本の腕を喪《うしな》い、背中を串刺しにされた大槻は、あたり一面に血しぶきを撒《ま》き散らしながら、身を揉《も》むように息絶えた。

5

翌朝――。

金座の後藤三右衛門と定火消御役・稲葉備前守正弘、そして目付・大槻刑部と配下の徒目付四人の死は、吉原面番所の隠密同心を通じて、町奉行から田沼意正のもとに知らせが入った。

――おのれ楽翁め、またしても……。

藩邸の自室で茶を飲みながら、田沼はぎりぎりと歯がみをした。殺された稲葉備前守に対するやり場のない怒りもあった。

――備前も備前じゃ。あれほど身をつつしめと申したのに……。

禁足令を破って、吉原などにのこのこと出かけていった稲葉の軽挙妄動、節度のなさに腹が立ってならなかった。

稲葉が殺されたのは自業自得である。だが、そのために直属の部下・大槻刑部と配下の四人がむざむざ命を落としたのである。それが口惜しい。

とりわけ大槻刑部は、田沼のふところ刀ともいうべき切れ者だった。

――惜しい男を亡くした。

そう思えば思うほど、松平楽翁への怒りと憎悪が炎のように燃えたぎってくる。

「殿……」

襖の外で、用人の声がした。

「土方さまがお見えになりましたが」

「通せ」

「はっ」

ほどなく、土方縫殿介が深刻な顔で入って来た。

「大変なことになりましたな」

着座するなり、土方が青ざめた顔でいった。昨夜の事件のことである。

「表向き、備前守は病死ということにしておいたが……」

田沼が苦りきった顔でいった。

「問題は、金座の後藤じゃ」

「じつは、そのことでご相談に――」

土方の顔にも苦渋が泛かんでいる。

「あの男には跡継ぎがおりませぬ。このままでは家名断絶は必定。幕府にとっても由々しき問題でございます」

「そうおいそれと後藤家をつぶすわけにはまいらぬからのう」

「水野さまも憂慮なさっております。ぜひ田沼さまのお智恵を拝借するようにと」

「さて、どのような手を打ったらよいものやら――」

金座の後藤家は、家康の代から幕府の金融を独占支配して来た特権商人である。これまでにも数々の不祥事を起こして来たが、幕府はそのつど援助の手をさしのべて後藤家を存続させて来た。後藤家累代の刻印がなければ、貨幣が通用しないからである。

――金座の後藤を廃絶にしてはならぬ。

老中水野から課せられた大命題に、後日、田沼意正は畢生《ひっせい》の策を講じた。

その策というのは、後藤家に養子を入れて、後藤三右衛門光亨《みつのり》の名をそっくり継がせることであった。

後藤家の養子として白羽の矢が立てられたのは、信州飯田藩主・堀氏の御用達商人をつとめていた林弥七の四男・弥三郎であった。

弥三郎は、大学頭《だいがくのかみ》林述斎《じゅっさい》の塾に学び、息子の鳥居耀蔵とは数十年来の学友であり、武士も顔負けの才知に優れた切れ者であった。

この人選が功を奏して、後藤家の断絶の危機は回避された。

史実に残る後藤三右衛門光亨とは、じつはこの弥三郎であり、浅草砂利場で何者かに斬殺された三右衛門は、歴史の闇に消されてしまったのである。従って、どの史書を見ても二代目三右衛門光亨がふたり存在したという記載はない。


木々の青葉が朝露にぬれて目にしみるように鮮やかである。

松平楽翁と用人・市田孫兵衛は、『浴恩園』の池のほとりを散策していた。

ふふふ……。

歩きながら、楽翁は何度もふくみ笑いを泛かべた。今朝の楽翁はすこぶる機嫌がいい。

「のう、孫兵衛」

「はい」

「出羽や玄蕃のあわてふためく顔が浮かぶようじゃのう」

「御意」

「これでわしの腹の虫も少しはおさまった。今朝はよい気分じゃ。孫兵衛、茶を点ててつかわす。茶室へまいれ」

上機嫌にそういって、楽翁は踵《きびす》を返した。孫兵衛があとに従く。

「わしの目の黒いうちは、あやつらの専横は断じて許さぬ。懲りずにまたなんぞ企みおったら、即座に叩きつぶしてやろうぞ。のう孫兵衛」

「ははっ」

機嫌のいいときの楽翁は饒舌《じょうぜつ》である。

「それにしても、死神はようやってくれた。孫兵衛、死神に会ったら、わしが褒めておったとそう伝えてくれ」

「承知つかまつりました」

頭を下げながら、孫兵衛もふっと笑みを泛かべた。楽翁の機嫌がいいときは、孫兵衛の心もなんとなしに浮き立つ。

――いつもこうであってくれればよいのじゃが……。


幻十郎と志乃は、『風月庵』の庭の片隅に佇《たたず》み、ひっそりと咲いているあじさいの花を眺めていた。

「花って、ふしぎ……」

ぽつりと志乃がつぶやいた。

「なぜ、こんなにきれいな色に染まるのかしら?」

「なぜだろうな」

幻十郎が首をかしげた。なぜと訊かれても応えようがない。女は妙なことを考えるものだと、幻十郎は内心苦笑した。

「花にもそれぞれ運命《さだめ》があるんですよ。きっと……赤く咲く花、黄色い花、紫の花。それぞれに持って生まれた運命が——」

「運命か……」

「花にくらべると、人の運命って残酷ですね」

「…………」

幻十郎は黙っている。

女に惚れてはならぬ、と孫兵衛はいった。

——だが、おれはこの女に惚れた。

それも運命だと、幻十郎は思う。

本書は、二〇〇一年二月、徳間書店から刊行された『魔炎　冥府の刺客』を改題し、加筆・修正し、文庫化したものです。

文芸社文庫

火罪 死神幻十郎

二〇一六年十二月十五日　初版第一刷発行

著　者　黒崎裕一郎
発行者　瓜谷綱延
発行所　株式会社　文芸社
〒一六〇-〇〇二二
東京都新宿区新宿一-一〇-一
電話　〇三-五三六九-三〇六〇（代表）
〇三-五三六九-二二九九（販売）
印刷所　図書印刷株式会社
装幀者　三村淳

ISBN978-4-286-18221-6

［文芸社文庫　既刊本］

蒼龍の星㊤　若き清盛
篠　綾子

三代と名づけられた平忠盛の子、後の清盛の出生の秘密と親子三代にわたる愛憎劇。やがて「北天の王」となる清盛の波瀾の十代を描く本格歴史浪漫。

蒼龍の星㊥　清盛の野望
篠　綾子

権謀術数渦巻く貴族社会で、平清盛は権力者への道を。鳥羽院をついで即位した後白河は崇徳上皇と対立。清盛は後白河側につき武士の第一人者に。

蒼龍の星㊦　覇王清盛
篠　綾子

平氏新王朝樹立を夢見た清盛だったが後白河との仲が決裂、東国では源頼朝が挙兵する。まったく新しい清盛像を描いた「蒼龍の星」三部作、完結。

全力で、1ミリ進もう。
中谷彰宏

「勇気がわいてくる70のコトバ」――過去から積み上げた「今」を生きるより、未来から逆算した「今」を生きよう。みるみる活力がでる中谷式発想術。

贅沢なキスをしよう。
中谷彰宏

「快感で生まれ変われる」具体例。節約型のエッチではなく、幸福な人と、エッチしよう。心を開くだけで、感じるような、ヒントが満載の必携書。